U0947582

I Loved You in a Classical Way
-
Emily Dickinson

[美] 艾米莉·狄金森——著
赖杰威、董恒秀——译
托马斯·约翰逊——编

我用古典的方式爱过你

长江出版传媒
长江文艺出版社

译者序　十年的交流与酝酿

赖杰威（George W.Lytle）

自初中第一次看到艾米莉·狄金森的诗到现在，我一直无法忘情她的诗。念高中时，我的好友也是同班同学知道我非常喜爱她的诗，就送我一本狄金森诗集，而这本诗集从此成为我最珍惜的财物之一。这么多年来，狄金森的诗一直陪着我，不管时序如何推进，我每每惊感其诗的美妙与力量及其对人类情境的透视力。狄金森不愧是少有的天才，不过就像许多天才者的遭遇一样，并非所有的读者都能接受或了解她，不管就她的时代或以后的世代而言皆然。

带着对狄金森的爱我进入了马里兰大学。一九七一年秋季，也就是大三那年，我修了一门中国文学课，同时写了一篇题为《许多疯狂最具有神圣的意义：狄金森与道家》，主要是就狄金森的几首诗与道家思想，特别是老子与庄子的思想，进行比较。我挚爱的老师给了我这篇报告“A”。就算选择念中国文学，我一点也不打算放弃对狄金森的爱。

在耶鲁大学修完博士班的课程后，我来到台湾写论文并任教于文化大学。讲课时我试着传达给学生我对狄金森其人及其非同凡响的诗作的钦赏之情，显然我是成功了。因为在一九八四年到一九八八年间就读于文大英文系的董恒秀君，明显感染到我那份热情，而且“病情”可能比我还严重！一九八九年她鼓励我不妨尝试中译狄金森的诗。

一开始，我并不表乐观。有些狄金森的诗，甚至是对她已有相当研究且以英语为母语的人士而言，仍是极度晦涩难懂。而我个人亦坚信，翻译成目标语言（a target language），应由以该目标语言为母语的人士来翻译。同时在诗的翻译上，最好能与以要翻译成目标语言的原文为母语者共同合作（例如，英诗中译最好由以英语为母语与以中文为母语的人士共同合作）。同时我也怀疑台湾是否有足够的狄金森读者群。另外我在文大多则近百，少则六七十的修课学生，又无教学助教协助之不可思议的教学环境下，加上行政上种种琐碎的要求，我实在已没什么力气进行写作。不过董恒秀君仍坚持这个翻译计划值得做，最后说服我与她一起进行，并同意做最困难的中文译诗的完稿。

于是我们开始着手进行这个计划。我们不定期会面，首先一起选读几首狄金森的诗，然后我就这几首诗以英文掺以中文加以解说，她在听我解说后，随即针对解说部分提出疑点或反驳，再讨论后，由她带回去翻译成中文。尔后我就她的中译诗稿进行校对，并提出疑点或反驳，如此往往返返直到我们都满意她的中文翻译为止。相信我，这不是什么容易的差事，不过将狄金森的诗翻译成优美忠实的中文是绝对必要的。

在进行这个计划时，我们都有个全职的工作，同时她在一九九二年进入辅大英研所就读，老实说我们实在没什么时间可挪出来进行翻译、解说与书写的工作。在这样零碎的时间下进行，导致要经历多年后，我们才做出可以出版的份量，而现在终于是时候了。不过这并不意味我们已做得完美，事实上还差得很远。我视这本书是一段过程的呈现，有不少地方尚有待加强与补充。但现在的确是可以将我们目前所做的努力呈现给中文阅读大众了。

有些读者可能会以“这不是中文”来反对这些中文译诗，或至少会觉得“它们不是流畅、传统、富诗意、文学性的中文”。把上面这句话的“中文”换成“英文”，就正是早期批评者对狄金森诗的说辞。她把英语推到极限，有时甚至超过极限而崩溃，她对语言及其书写表达进行实验。她的诗通常看起来怪怪的、不和谐，甚至是唐突的。她对英文的操作无疑是深具个人的独特风格。不过她自其独特风格中，自高度非传统的措辞、并列、文法与文章构法中创造出经久的美丽、深远的意义与极致的表达。若将她那极不传统、深具实验与独特风格的英文翻译成平顺、仿古、美文般的古典中文，无疑是对狄金森的诗及其精神进行一种恐怖与讽刺的暴力行动。借由这些翻译，我们希望让中文读者领略到属于狄金森特有的诗风，而不是去呈现大家已熟悉的悠远傲人的中文古诗传统。我们尽可能保存狄金森非传统，甚至常常是离经叛道的风格。但愿透过这些翻译，狄金森自己的声音可以被听到。

董恒秀君一开始并不怎么愿意离传统的诗风太远。当初在看了她的中译诗稿后，我跟她说太平顺、太传统了，然后给她看我很不顺的中文翻译。她看了表示不以为然，认为太怪、太不顺了，不像中文，当然也一点都不诗意。我跟她说“怪异”正是我们要朝向的目标。在全然了解了狄金森的英文是如何怪异后，她所做出的翻译，在我看来是融合了怪异、棱角、细腻与优美的不俗之作。当然她之所以能做到这样是受其高度发展的美感所指引。事实上，董恒秀君是中译狄金森诗的理想人选。她不仅下功夫研究狄金森的诗（她的硕士论文研究的就是狄金森的诗），她自己也写诗，并嫁给诗创丰富、台湾当代诗人之一的倪国荣先生。

本书主要是董恒秀君造就的。原先的构想来自她，是她将中译诗做最后的定稿，是她坚持要完成的，如果不是她，这本书不会写成。书中所有的美好皆属她，错误与不顺处则归我。

最后我愿将我的努力献给我的父母亲，他们对我的爱我永远无以回报。

董恒秀译

一九九八年十二月十八日于台北

目录

辑一　人间的成分

辑二　我用古典的方式爱过你

辑三 孤独是孤独的种子

辑四　来自万物的消息

辑五　死亡是另一种永生

辑一　人间的成分

J#657

I dwell in Possibility-
A fairer House than Prose-
More numerous of Windows-
Superior- for Doors-

Of Chambers as the Cedars-
Impregnable of Eye-
And for an Everlasting Roof
The Gambrels of the Sky-

Of Visitors- the fairest-
For Occupation- This-
The spreading wide my narrow Hands
To gather Paradise-

我居住在可能里

我居住在可能里——
一座比散文优美的屋宇——
有更多窗子——
门扇更上等。

房间像似雪松盖成——
目光无法看透——
它持久不朽的屋顶——
是以天空为瓦——

来访者—— 最上等的嘉宾——
从事的工作—— 就是这个——
张开我小小的双手
采集天国乐土——

赏析

诗中人居住在没有边界的可能里，在诗的屋宇中，有比平凡、乏味、无聊的散文更多的窗子、更佳的门，如此一来看到的世界可以更多面、更丰富，而门的坚固则能有更好的防护。

当窗子很多，可以往外看的同时，外面也可以更方便看进来；不过由于房间是由像雪松那样厚实上等的材质所建造，因此外面的眼睛无法看透。

同时，这座诗的屋宇以天空为屋瓦，因此历久弥坚。来造访的客人都是上等嘉宾，也许是常出现在诗人诗作里的知更鸟、蜜蜂、蜂鸟吧。至于屋子的主人从事的是什么工作呢?用一双小小的手采集天国乐土。

在她小手紧握的笔下，将创造出玄妙美丽的天国；同时，呈现的太阳之华丽豪奢，将让日出的东方又嫉又羡。她的工作是至高无上的诗创作。

J#1619 *Not knowing when the Dawn will come,*

I open every Door,

Or has it Feathers, like a Bird,

Or Billows, like a Shore-

无法知道曙光何时来

无法知道曙光何时来，
我打开每一扇门，
是如鸟有羽，
还是如岸有涛——

赏析

第二行“我打开每一扇门”的象征效果在于，将一种对贵重但迅即消失之物的期待情境，以具象、戏剧化方式呈现。而曙光就是此一尊贵但迅即离开的贵客，同时也是一种神恩（或启示）的象征；而它亦可能暗指《圣经·启示录》3 章 3 节的一句话：“若不儆醒，我必临到你那里，如同贼一样。我几时临到，你也决不能知道。”

诗中人打开每一扇门或说全身的每个管道，以免稍一闪神就与曙光或神擦身而过。她设想着，究竟曙光或者神（或启示）的降临是如鸟羽般轻快静悄，还是如浪卷拍岸般的吵闹？这里我们又看到狄金森诗作的独特艺术，即空阔的暗示但不模糊。这种空阔的暗示传达一种无法完全为我们所把抓的神秘感。同时也因其无法完全把抓而更显得丰富。

爱因斯坦曾说：“善举像好诗。人或许可以容易地得其大意，但它们一向很难用理性加以全盘了解。”他的这句话可以说是对狄金森的诗一个蛮好的注解。

J#1269 *I worked for chaff and earning Wheat*
Was haughty and betrayed.
What right had Fields to arbitrate
In matters ratified?

I tasted Wheat and hated Chaff
And thanked the ample friend-
Wisdom is more becoming viewed
At distance than at hand.

谷壳与麦子

我为赚到谷壳努力，当拿到麦子时
感到义愤与背叛。
田地有何权利仲裁
已签订的事情？

我尝到麦子后即憎恨谷壳
而感谢那位慷慨的朋友——
从远处视察智慧
比近看还准。

赏析

生活中总不免遇到我们努力耕耘想求得的，不管是物品或心仪的人，结果却非所愿，因而愤愤不平，甚至感到遭受背叛的锥心之痛。

但过一段时日后，却发现原来不喜欢的收成竟是极品！厄运转成幸运，这绝对让人喜出望外。不过也有原来相信的珍贵之物，结果并没那么好。

是福是祸，不一定能立刻判定，好的判断通常有赖远观与统观的能力。诗最后说“从远处察看智慧 / 比近看还准”，是有意思的说法。保持距离观看事件或人，可以有较全貌的了解，因此而有较佳的判断，这是一般说法。

但说成远看智慧比近看准，则产生一种陌生感，让平常的说法变得陌生，这种陌生感会让人停下来思索。

J#226

Should you but fail at- Sea-
In sight of me-
Or doomed lie-
Next Sun- to die-
Or rap- at Paradise- unheard
I' d harass God
Until he let you in!

友谊

万一看到你在——
汪洋中—— 沉下——
或快被命运打败——
隔天—— 将死——
或叩敲—— 天堂之门—— 无人来开
我会亲自骚扰上帝
直到他让你进来!

赏析

诗中人好似忧心着将出远门的挚友旅途安危，于是写信或面对面跟他说，若你搭船沉溺于海中，或突遭意外奄奄一息，或离开人世来到天堂门口敲门无人应，我会用尽各种手段——包括骚扰、唤醒上帝不让你被遗弃、孤零无援。

诗中人为了朋友甚至甘冒大不韪“骚扰上帝”，足见两人的友谊不是一般，而是至交。

诗的语气带有玩笑意味，亲密朋友间用玩笑口吻表达关心或忧心，如此就不会显得太严肃，同时亦能保持一种亲近却不腻的美学距离。

J#830 *To this World she returned.*
But with a tinge of that-
A Compound manner,
As a Sod
Espoused a Violet,
That chiefer to the Skies
Than to himself, allied,
Dwelt hesitating, half of Dust,
And half of Day, the Bride.

濒死经验

她回到这一生。
但带着些许来世的色彩——
一种结合的方式，
像一块草地
与一朵紫罗兰结婚，
虽然紫罗兰更属于天空，
较不属于与之结合的草地，
半推半就留下来，半为灰尘，
半为白日的，新娘。

赏析

不知是怎样的状况，让狄金森写下一首濒死经验的诗。濒死经验的研究指出，多数遭遇这样经验的人，他们的生命面貌或看待生命的方式从此发生了改变。因为他们曾在天上短暂停留，再回到人世后自然带有一些天上的气息。这特别的气息源自他们曾看到所有生命的光源、曾被爱整个拥抱，甚至有些人因而拥有预知的能力。许多人都说他们不想再回到人世，但因尘缘未了，必须回来结清。狄金森诗里描述的，与西方 20 世纪中叶以后开始研究的濒死经验文献所记载，有诸多吻合之处，颇让人玩味。

J#241 *I like a look of Agony,*
Because I know it' s true-
Men do not sham Convulsion,
Nor simulate, a Throe-

The Eyes glaze once- and that is Death-
Impossible to feign
The Beads upon the Forehead
By homely Anguish strung.

我喜爱烈痛的脸孔

我喜爱烈痛的脸孔，
因我深知其真实——
人不假装抽搐，
或佯装剧痛——

当目光呆滞—— 即是死亡——
无从伪装
额上汗珠
真朴的苦闷串成。

赏析

在这首诗里狄金森以近乎幸灾乐祸（schadenfreude）的态度观看人之烈痛的脸孔。为什么？因为她想看的是诚实。人大多时候是可以假装快乐的，且大部分的微笑是造作的。也因此我们泰半无法知道这样的微笑的真实情感。但是当人在极度痛苦的烧灼下或重病或在死亡的边缘时，我们却可以看到其脸部的表情真实地反映其内在的情感。这是一首对人性深感灰暗与消极的诗。

狄金森似乎在说，人只有在极度痛苦或将死时，才呈露出诚实，这是一件令人难过与相当讽刺的事实。而此一痛苦与死亡又必然来临到每个人身上。不过这首诗并没有提供任何的安慰，甚至主述者在看到人在烈痛的烧灼下，语气里竟带有一种讥讽的愉快。这是一种相当丑陋的情感（狄金森知之甚详），不过此一情感是可以自圆其说的，因为人唯有在极度痛苦时，我们才知其真实的情感，才知其不假。狄金森在这首诗里相当辛辣地揶揄多数人没有能力诚实地表达他们的情感，唯有在烈痛或将死时才做得到。

J#1078 *The Bustle in a House*

The Morning after Death

Is solemnest of industries

Enacted upon Earth-

The Sweeping up the Heart

And putting Love away

We shall not want to use again

Until Eternity

屋里的奔忙

屋里的奔忙
在死后的早晨
扮演着尘世
最庄严的劳动——

把心扫起
将爱收拾，
我们将不再用它
直到永生。

赏析

本诗第一节第三行的 industries 是勤劳的意思。这首诗的特点在第二节。狄金森以最精简的用字涵盖了最大的表达，像本节第一、二两行的动词都是有关清洁房屋的动词，如 Sweeping up（扫起）和 putting away（收拾）；名词则是抽象的，有关感情的 Heart 和 Love。不是灰尘被扫起，是心；不是毯子被放置一旁，是爱。如此的结合传达了丧失之感，特别是“把心扫起”使人联想到心像破碎的玻璃，此一意象具体传达了哀伤之情。不过悲伤和丧失并非永久的，因为“爱”只是被收拾起来而不是被丢弃，有朝一日会再被记起。“直到永生”给人一种可怕漫长的等待感，但也不必然是没有尽头的。如此以“永生”平衡“尘世”，同时以再生或复活的信念调和了当前的丧失之感。

J#1099 *My Cocoon tightens- Colors tease-*
I' m feeling for the Air-
A dim capacity for Wings
Demeans the Dress I wear-

A power of Butterfly must be-
The Aptitude to fly
Meadows of Majesty implies
And easy Sweep of Sky- 30

So I must baffle at the Hint
And cipher at the Sign
And make much blunder, if at last
I take the clue divine.

我的茧紧紧裹着

我的茧紧紧裹着——色彩似隐若现——
我摸索寻找空气——
翅膀所拥有的些许能力
使我目前所穿的衣服见拙——

当只蝴蝶的能力一定存在——
飞翔的潜能暗指
有庄严的草地
还有宽阔的天空——

是故我得困惑于这个暗示
并解出此一征兆
同时犯许多的错误，看最后能否
抓住神圣的线索——

赏析

这首诗显示狄金森对上帝与永生的观点开始转变。她不再像早期那样与上帝处于敌对状态，同时也不排除永生的信念。诗中所提到的征兆正是神学家所喜爱的类型——毛虫（现世的生活）裹在茧中（死亡），只为脱茧而出成为一只蝴蝶（天堂的生活，复活）。“草地”与“天空”为天堂的隐喻，隐含于想象它的能力（飞翔的潜能暗指）。不过征兆仍不够清楚了然，所以主述者只能“困惑于这个暗示 / 并解出此一征兆”。而这会导致许多错误，这可能是狄金森准备修正她早期观点的暗示，而犯许多错误是抓住神圣线索的必经过程与前提，换言之，不是一两次就可轻易抓住。而神圣的线索，暗示有一永生的可能。

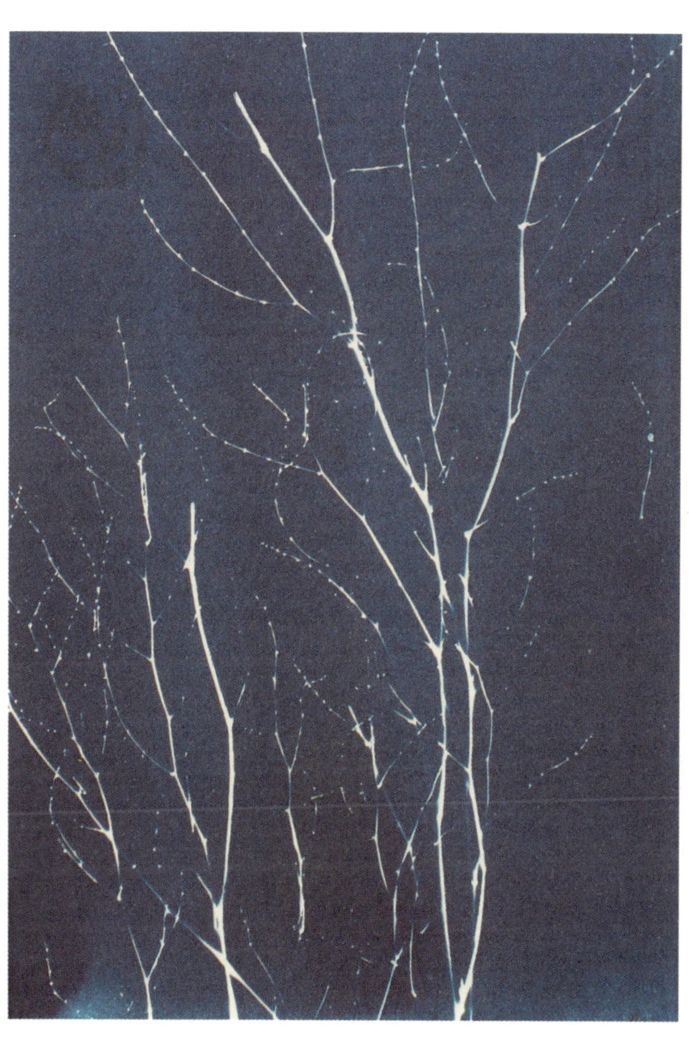

J#1263 *There is no Frigate like a Book*

To take us Lands away

Nor any Coursers like a Page

Of prancing Poetry-

This Traverse may the poorest take

Without oppress of Toll-

How frugal is the Chariot

That bears the Human soul.

没有战舰像书卷

没有战舰像书卷
领我们航向遥远的国土
也没有骏马像页
跳跃奔驰的诗篇——
最穷的人也可以做此游——
不用负担过路费
乘载人之灵魂的战车
是多么俭朴。

赏析

在这首诗里狄金森认为，一本书或一首诗的力量乃在引领我们避开所处的现实环境，进入想象的世界。因此，她用了几种交通工具做比较，比如一艘船、一组马匹、一辆双轮战车。

但是她相当细心地选择交通工具的种类和富有浪漫意涵的名称。

像用 Frigate（战舰）而不是 boat，因为 frigate 比起 boat 更具有探险和冒险的味道；而以 Coursers 取代 horses，乃是 coursers 更容易让人感受到它们的俊美、气势和疾驰的英姿；而 Chariot 比 carriage 典雅，chariot 在神话中乃是飞驰于空中，为太阳神驾驶的双轮马车；亦指疾驶于陆地上的古代战车。

J#328 *A Bird came down the Walk-*

He did not know I saw-

He bit an Angleworm in halves

And ate the fellow, raw,

And then he drank a Dew

From a convenient Grass-

And then hopped sidewise to the Wall

To let a Beetle pass-

He glanced with rapid eyes

That hurried all around-

They looked like frightened Beads, I thought-

He stirred his Velvet Head

Like one in danger, Cautious,

I offered him a Crumb

And he unrolled his feathers

And rowed him softer home-

Than Oars divide the Ocean,

Too silver for a seam-

Or Butterflies, off Banks of Noon

Leap, plashless as they swim.

一只鸟走在小径上

一只鸟走在小径上——
没察觉我在看它——
它咬半一只蚯蚓
然后生吞下肚，

从近便的一株草
饮一滴露水——
接着跳到墙边
好让甲虫通过——

它以敏捷的双眼
向四周急急张望——
看来像是受惊吓的珠子，我想——
它转动丝绒的头

像身处险境的人，小心翼翼地，
我给它一片面包屑
它却展翅
轻轻地划向回家的路——

比船桨划破海洋还轻，
银白得无一缝，
或比蝴蝶轻盈地从正午的堤岸，
跳下，不溅一丝浪花地在空中泅泳。

赏析

在 Cristanne Miller 的著作 Emily Dickinson: A Poet' s Grammar 中曾提到“文意构成的含糊”（syntactical doubling）一词，本诗就是个例子。根据 Miller 的解析，诗中第四节第一行 Like one in danger, Cautious 的 Cautious 可修饰第三节最后一行的鸟——He stirred his Velvet Head，也可修饰其下一行 I offered him a Crumb 的主述者。这样的“含糊”造成主客物融为一体的效果。而由于这样主客物无分的效果，使得紧接下来到结尾，对这只鸟在空中飞起自由的描述，也同时暗示主述者想象的翱翔。

诗最后一节写得很轻盈明澈，使这首诗有了艺术的高度。通常灵魂能不能从平凡里脱胎换骨飞越而出，往往在最后一节见胜负。狄金森的诗力在此。

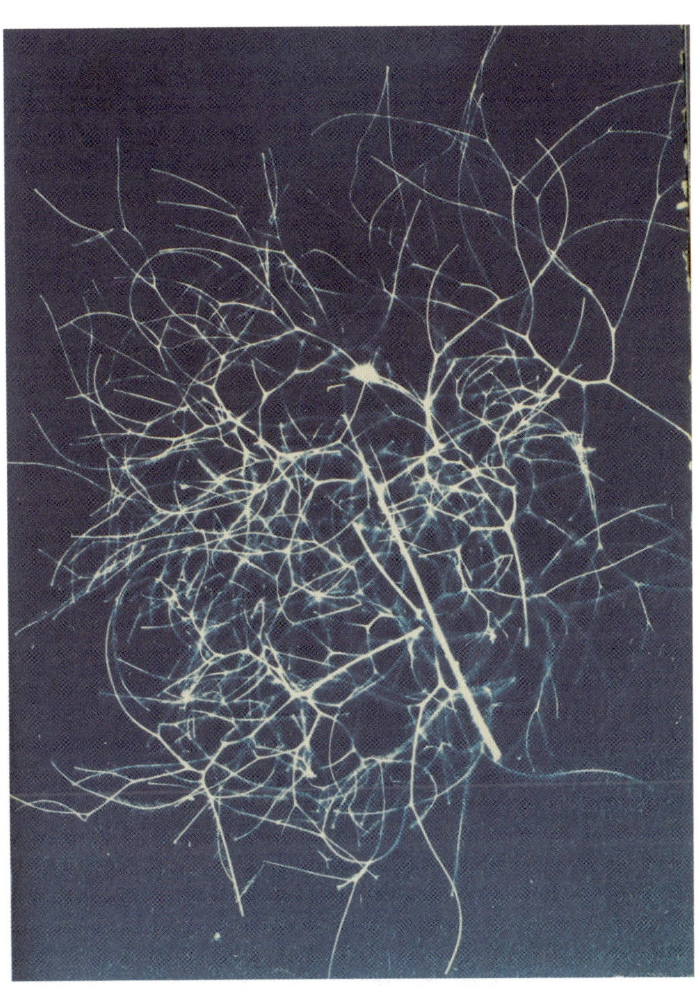

J#609 *I Years had been from Home*
And now before the Door
I dared not enter, lest a Face
I never saw before

Stare solid into mine
And ask my Business there-
"My Business but a Life I left
Was such remaining there?"

I leaned upon the Awe-
I lingered with Before-
The Second like an Ocean rolled
And broke against my ear-

I laughed a crumbling Laugh
That I could fear a Door
Who Consternation compassed
And never winced before.

I fitted to the Latch
My Hand, with trembling care
Lest back the awful Door should spring
And leave me in the Floor-

Then moved my Fingers off
As cautiously as Glass
And held my ears, and like a Thief
Fled gasping from the House-

我已离家多年

我离家已多年，
而此刻，正在家门口
却没勇气开门，唯恐迎面一张
从未见过的脸

茫然地盯着我
问我有什么事。
“什么事？——只是我留下的一个生活，
是否依然还在那里？”

我倚靠着畏惧——
徘徊在从前——
静默像大海起伏，
拍浪般地撞击我的耳朵。

我破碎地一笑
竟害怕一扇门，
我遭遇过危险也曾面对死亡
但从未战栗过。

我的手
小心颤抖地轻触门闩
唯恐这可怕的门突然反弹，
将我留在那里呆立着。

我移开手指
小心翼翼如移动玻璃般
同时捂住双耳，像个小偷
仓皇地逃离这个房子。

赏析

狄金森自1860年开始隐居，除了1864年前往波士顿接受七个月的眼疾治疗外，没有外出过。而这首大约写于1872年，有关游子近乡情怯的诗，是其典型角色扮演手法的一个例子。借着角色扮演使她得以揣摩各种境遇，也因此扩大了她对人性更多层面的了解与呈现。

其实，我们也怕面对往事，当打开往事的门的时候……一张痛苦的脸，一张陌生的脸，一张惊悸的脸，都使我们仓皇，发愣，跑到树下、路边彷徨不已。狄金森把容易遭遇的事，以戏剧化方式呈现出来，细腻真实，值得咀嚼再三；把容易了解的事，形成深层经验的唤醒。

J#8

There is a word
Which bears a sword
Can pierce an armed man-
It hurls its barbed syllables
And is mute again-
But where it fell
The saved will tell
On patriotic day,
Some epauletted Brother
Gave his breath away.

Wherever runs the breathless sun-
Wherever roams the day-
There is its noiseless onset-
There is its victory!
Behold the keenest marksman!
The most accomplished shot!
Time' s sublimest target
Is a soul "forgot!"

遗忘

有一个字
带着一把剑
足以贯穿武装士兵——
以倒钩的音节突击
随即不动声色——
在某个爱国纪念日
于此战役发生地
幸存者发言，
有位战功彪炳的弟兄
中剑一命呜呼。

不管喘不过气的太阳跑到哪里——
不管白日徘徊到何处——
它依然无声无息攻击——
它依然无役不克！
看那敏锐无双的狙击手！
无比娴熟的瞄准！
时间最崇高的目标
是被遗忘的灵魂！

赏析

这首诗以平常语言来说，大致是这样：遗忘是个带有利剑的字，往武装士兵身上刺过去，一剑就让其致命；随后按兵不动，伺机再取一命。场景转到几年后，在曾与遗忘作战的战场上举行爱国纪念日，纪念阵亡的士兵。该场战役的幸存者发言，述说一位战功彪炳的弟兄中剑丧命的往事。

话说人世间，只要有太阳光照射之处，白日里任何地方，它都能不动声色找到猎物，百发百中！英勇的士兵在战场上战死后，很快就被遗忘，或许纪念日时偶然被提起，但活着的人有自己的生活要过，所以人一旦不在场了，随着时日愈久，就愈发无关紧要，最后完全被遗忘。不在场可指人的离世，也可指被忽视（最明显的例子是曾经红透半边天的影歌星，几十年后就被遗忘）。

时间是个狙击手，瞄准被遗忘的灵魂是其最崇高的目标。换言之，日久荒凉，被遗忘是时间的功用。

辑二　我用古典的方式爱过你

J#449 *I died for Beauty - but was scarce*
Adjusted in the Tomb
When One who died for Truth, was lain
In an adjoining Room -

He questioned softly "Why I failed"?
'For Beauty", I replied-
'And I- for Truth- Themself are one
We Brethren, are", He said -

And so, as Kinsmen, met a Night-
We talked between the Rooms -
Until the Moss had reached our lips-
And covered up - our names -

我为美殉身

我为美殉身——在墓中
刚适应不久
便有一为真理殉身者，
被停放在邻室——

他轻轻问我“为何阵亡”？
“为美”，我回答——
“而我是为真理——美和真理原一体
那我们是兄弟”，他说——

所以，如同亲人相见在一个夜晚
我们隔墙交谈——
直到青苔爬上唇际——
湮没了我们的名字——

赏析

人诞生之际，就是从一个确定的处境中，被抛到不确定的处境，其未来唯一确定的是死亡。

我们无法避免死亡，不过却可以勇毅地选择它。既然我们的血肉之躯不具永恒性，它就不可能是最高的价值；那么或有一为理想目标光荣牺牲自己的生命，甚于卑贱苟活吧？这就是为什么会有许许多多的殉道者，像苏格拉底、耶稣以及其他无以计数的人。苏格拉底选择为真理殉身，而他最有名的门生柏拉图亦曾言，美可带我们走向真，且至终美和真乃为一体。济慈在《希腊古瓮颂》一诗最后道出此一信念，而狄金森在这首诗里亦表达了相同的信念。

从诗中的对话里，我们得知主述者为美殉身刚入土不久，他的隔壁就来了一位为真理殉身的人。两人交谈之下，发现有志一同，于是就像久别的亲人，在夜晚相遇，有说不完的话，一直说到青苔长到他们唇上且淹没他们的名字。
诗最后两行走笔自然，与整首诗的语气缝合无间，但予人一种时日既久的荒凉感。

这首短诗是英诗里的重要之作，在于它的魄力与勇敢，接触永恒体。青苔即永恒体的象征，即此诗的眼睛。

我们想想看，追求真的哲学家或科学家与追求美的艺术家都死了，他们在有着房间的坟里，听到彼此而畅谈起来，形式之隔忽泯，渐渐融为一体，原来他们是来自同一母亲的兄弟姊妹啊，在人世是哲学家、科学家或艺术家，死后渐渐融回一体，回到母源——永恒体。

青苔那么成功地淹没他们，也淹没一切的差别，而为本诗最不可思议、最难想象的诗眼，使本诗为一富时间之魄力的惊觉的诗。

本来美与真历来都在讲、都在谈，诗人美妙的设喻，穿过美与真的分辨，进入永恒体的接触，以青苔使诗里的一切都活起来，直冲涌出来那辽远而真的想象与暗示，青苔真是惊涛般涌来啊，它会淹没我们的文字与辩论，包括整个文明……也许会有什么文明、生命会又从厚厚青苔里破涌而出吧，在千万年后。

这是一首形上佳构的诗，令人敞开想象，孤独与凝塑、深深沉吟的高瀚之作。

倪国荣 评

J#287

A Clock stopped-
Not the Mantel' s-
Geneva' s farthest skill
Can' t put the puppet bowing-
That just now dangled still-

An awe came on the Trinket!
The Figures hunched, with pain-
Then quivered out of Decimals-
Into Degreeless Noon-

It will not stir for Doctors-
This Pendulum of snow-
This Shopman importunes it-
While cool- concernless No-

Nods from the Gilded pointers-
Nods from the Seconds slim-
Decades of Arrogance between
The Dial of life-
And Him-

一个钟停了——
不是摆在壁炉架的那个——
就连远在日内瓦最老牌的技术
也无法让这个刚刚停摆——
的傀儡弯腰——

这傀儡显露敬畏!
针盘上的数字因痛苦而扭曲
哆嗦到离开十进位的钟面——
进到无刻度的正午——

这雪冷的钟摆——
将不再听医生的话——
伙计再三恳求——
只是无动于衷冷漠的不——

从那金亮指针的摇头——
从那细长秒针的摇头——
在生命的针盘
与他之间——
存在有数十倍傲慢的距离——

赏析

这首诗是狄金森的代表作之一。以钟停喻人的死亡，在西方这是一种相当普通的比喻。而她令人激赏处在于以钟的具体形象呈现出面对死亡的抽象过程和感觉，借由一件生活中的物品表达了人存在中最困难的死亡遭遇。

主述者在诗一开始就说，她所指的钟不是一般的钟（在 19 世纪钟仍相当贵重，通常是摆在客厅最显著的壁炉架上），而是人的死亡。虽然如此，紧接下来却是以拟人化的手法描述钟面上的傀儡坏掉的具体过程。第七行的 figures 可能指的是钟面上的画，如月亮、太阳、星星等；或钟摆上的人偶，如坐在马上的小骑士；也可能是针盘上的数字。七、八、九行如采 figures 是针盘上的数字，意思则是说，针盘上的数字打哆嗦直到脱离他们在针盘上有限制、有限度的十进位，即他们在时空中的位置，而进到无时空限制的正中午。在此特别要说明的是，西方人常以时间表示坐标，例如 12：00=0°（degreeless，no degrees）；3：00=90°；6：00=180°；9：00=270°。举个例子，当飞行员说，敌机在三点的位置，即是说敌机在你右侧 90 度处。

第三、四节是说，不管医生或店里的伙计怎么央求，这个钟始终以指针和秒针摇头冷漠地说“不”。诗最后三行大意是指不受时空限制的死亡。因为死亡是不受时空限制、超越时空，或说绝对脱离此生此世的时空观念，所以在时空限制内的世人无法了解死亡，也因此死亡变得非常可怕（因为无法了解）、傲慢（因为他不听我们，我们无法与其沟通或说服他）。法国格言家拉罗什富科【La Rochefoucauld（1613-1680）】。在其格言中亦曾说：“太阳和死亡非能直视之”（Neither the sun nor death can be looked at steadily）。死亡是如此伟大、傲慢、可怕，所以当人终于要与他“见面”，便显露出一种“敬畏”的脸色（第二节）。

J#425 *Good Morning- Midnight-*
I' m coming Home-
Day- got tired of Me-
How could I- of Him?

Sunshine was a sweet place-
I liked to stay-
But Morn- didn' t want me- now-

So- Goodnight- Day!

I can look- can' t I-
When the East is Red?
The Hills- have a way- then-
That puts the Heart- abroad-

You- are not so fair- Midnight-
I chose- Day-
But- please take a little Girl-
He turned away!

早安——子夜

早安——子夜——
我正要回家——
白日已厌倦我——
而我怎会厌倦他？

日光是个甜美的地方——
我眷恋流连不愿走——
不过早晨此刻已不留我——
因此——晚安——白日！

当东方泛红
我可以看的——不是吗？
那时的山丘——
会让你的心飞翔——

子夜——你并不那么美丽——
我选择的是白日——
不过——子夜请你接受——
被白日拒绝的小女孩！

赏析

本诗讲的是绝望。太阳与白日代表光，而光则象征爱、温暖、希望与幸福。不过诗中的主述者却像是被父母抛弃的小女孩为光所拒绝，只得向黑夜寻求庇护。并不是主述者选择绝望，而是被希望拒绝。狄金森以小女孩的口吻描述绝望，一方面借由一种稚气的口吻包装绝望的基调；另一方面似乎亦呈现出人在遭逢绝望时的渺小与无助。

最后一行 He turned away 是形容词子句，形容 a little Girl。

这种以天真稚气的口吻反衬悲伤的手法，在台湾现代诗人痖弦一首以儿童的视角与口吻的《殡仪馆》里也可以看到：

食尸鸟从教堂后面飞起来
我们的颈间撒满了鲜花
（妈妈为什么还不来呢）

男孩子们在修最后一次胡髭
女孩子们在搽最后一次胭脂
决定不再去赴什么舞会了

手里握的手杖不去敲那大地
光与影也不再嬉戏于鼻梁上的眼镜
而且女孩们的紫手帕也不再于踏青时包那甜甜的草莓了
（妈妈为什么还不来呢）

还有枕下的《西蒙》
也懒得再读第二遍了
生命的秘密
原来就藏在这只漆黑的长长的木盒子里

明天是春天吗
我们坐上轿子
到十字路上去看什么风景哟

明天是生辰吗
我们穿这么好的缎子衣裳
船儿摇到外婆桥便禁不住心跳了哟
……

J#288

I' m Nobody! Who are you?
Are you- Nobody- Too?
Then there' s a pair of us!
Don' t tell they' d advertise- you know!

How dreary- to be- Somebody!
How public- like a Frog-
To tell one' s name- the livelong June-
To an admiring Bog!

我是个无名小卒！你呢？

我是个无名小卒！你呢？
你也是——无名小卒吗？
竟然还会有两个！
不要说！他们会张扬——你该知道！

做个名人多无聊啊！
多暴露——像只青蛙——
对着钦羡你的一方沼泽——
在长长的六月喧嚣你的名字。

赏析

这首诗大概写于 1861 年，约是狄金森 31 岁时，此时她渐渐开始隐居。从这首诗可以看出狄金森对泡沫般的声名嘲讽的态度，同时也可以感受到她的幽默感。艺术创作——写诗——于她是呈现其生命的存在行动，而不是求取声名的手段。以迎合市场取向而声名大噪的作家，对她而言，直如夏蛙的喧噪，饶舌一番罢了。

这首诗亦可能隐藏有些许的失望与幻灭。在稍早前，她曾希望借由诗作成为名人。或许此时她已开始明白她的天分将不会被看到（至少不是在她有生之年）。这首诗隐含有自我安慰，同时任何心中认知到快跑未必能赢的人亦能生共鸣（《圣经·传道书》9 章 11 节："快跑的未必能赢；力战的未必得胜；智慧的未必得粮食；明哲的未必得资财；灵巧的未必得喜悦。所临到众人的，是在乎当时的机会"）。

另外第三行"Then there' s a pair of us!"有不少人翻成"那我们俩是一对！"根据整首诗的文脉背景（context）应是："竟然还会有两个！"这一节诗的意思是说，在这个人人希望都是 somebody 的时代，我以为只有我自认是 nobody，一问之下你也自认是 nobody，真稀奇竟然会有两个！如此才能衔接第二节对自认是 somebody 的人那种自鸣得意的讽刺。

顺便一提，在狄金森过世前几天写给她疼爱的两个表妹的信上简短的两个字：Called back（也是她的墓碑文），是“被召回”的意思，不是“回想”，意思是说被上帝召回。

J#659 *That first Day, when you praised Me, Sweet,*

And said that I was strong-

And could be mighty, if I liked-

That Day- the Days among-

Glows Central- like a Jewel

Between Diverging Golds-

The Minor One- that gleamed behind-

And Vaster- of the World' s. 68

那一天

亲爱的，那一天你赞美我，
说我强壮——
又如果我想，可以非凡超强——
那一天在所有日子中发亮——

划时代的一天——像颗珠宝
在两种不同的黄金之中——
那一日之前的快乐是渺小的，
那一日的快乐——大于世界之最。

赏析

诗第二节第二行的黄金是指快乐。

这首诗写的是主述者具划时代意义的一天。“那一天”在知道她喜欢的人赞美她后，那种光与热将她的心融化的快乐，相较于那一天之前的所有快乐，那些快乐显得有些微不足道。

我们无法百分之百确定这是狄金森生命中的一个事件，不过看起来蛮像是写给她暗恋的对象。至于对象是谁众说纷纭，有推测是当时担任费城长老教会牧师的查尔斯·卫兹华斯，也有推测是担任报纸主编的塞缪尔·鲍尔斯。这首诗根据江森标定的年代是写于 1862 年，而从狄金森的书信可以清楚看出 1861 和 1862 年间她遭遇了一个严重的情感危机；这两年加上 1858 年，她曾分别写下三封所谓的“主人”（Master）信件（信 233、248 及 187），据此推测这首诗可能是她写给“主人”的诗当中的一首。读者若想进一步了解可参阅 The Passion of Emily Dickinson 这本书，作者 Judith Farr 在该书有专章讨论关于“主人”系列的诗与书信。

她另一首诗 #738 与这首诗非常类似：

有一天——你说我“伟大”——
“伟大”吧——若这讨你欢喜——
或“渺小”——或任何尺寸——
不——我正是适合你的尺寸——

那么高度——像雄鹿吗？
或矮小——像鹪鹩——
或我所见过的
其他物种的其他高度？

要我猜是什么很无聊——
我必是犀牛
或老鼠
同时都是——为了你——
那么——要我做皇后——
或书童——若这讨你欢喜——

我是那——或不是——

或其他东西——如果有什么东西——

那只有一个条件——

我适合你——

You said that I "was Great"- one Day-

The "Great" it be- if that please Thee-

Or Small- or any size at all-

Nay- I' m the size suit Thee-

Tall- like the Stag- would that?

Or lower- like the Wren-

Or other heights of Other Ones

I' ve seen?

Tell which- it' s dull to guess-

And I must be Rhinoceros

Or Mouse

At Once -for Thee-

So say- if Queen it be-
Or Page- please Thee-
I'm that- or nought-
Or other thing- if other thing there be-
With just this Stipulus-
I suit Thee-

注解：

第十二行的 at once 这里意思模糊（狄金森可能有意如此模糊），可以是同时（at the same time），也可以是立刻（right now）。我们的翻译采用“同时”这个意思。

J#1476 *His voice decrepit was with Joy-*

Her words did totter so

How old the News of Love must be

To make Lips elderly

That purled a moment since with Glee-

Is it Delight or Woe-

Or Terror- that do decorate

This livid interview-

喜悦让他的声音衰老

喜悦让他的声音衰老——
让她的语言颠颠倒倒
爱的讯息必得非常古老
才使双唇岁痕深凿
一时咕咕哝哝因为狂喜——
是快乐或悲伤——
或恐惧—— 装饰
这铅灰苍白的相会——

赏析

这首诗困难理解的地方是缺乏文脉背景，无法确定诗里的“他”指的是谁，而“她”又是谁。不过批评家哈洛·卜伦认为，这首诗是描写狄金森与洛德法官之间的黄昏之恋。

诗开头说“喜悦让他的声音衰老”，听起来很奇怪。通常人在喜悦里会感到轻盈、变年轻，因此声音听起来有活力，但诗里的“他”却因喜悦以致声音衰老。是否因为人生路迢迢、喜悦稀少，当来到发苍苍、鬓如霜之年，却又猛然遇见极大喜悦，因而反射出老年之躯无法扛起这庞大的喜悦，而更显得衰老？且古老的爱的讯息从远古一路传来，双唇的岁痕因此加深，由是发出来的声音变得衰老。

若这真是有关晚年的爱情，那么对喷溅来的喜悦，一则以惊、喜，一则以忧、恐。既忧且恐是因怕在死亡逼临之龄，来不及尽享这丰盛的喜悦，想要慢慢品尝，但喜悦却是涌涌而出！不过，涌涌而出的喜悦也可能立即消失，因为无常、生离死别是人生之常。若喜悦很快消失，年老之躯将加速衰老。这是个快乐、悲伤、恐惧同时存在，铅灰苍白而非青春灿烂的相会。如果快乐、兴奋、遐想居多，那会是玫瑰色的喜悦。只不过走过大半人生，痛苦过、历练过的人，晚年时遇到爱情不会再像青春年少那样的雀跃，但喷溅的狂喜是有的，从铅灰苍白色里迸出。颇有相见恨晚又来日不多之感。

诗最后一行，“livid”这个字的意思非常暧昧，很难处理。它可以是青紫、铅灰苍白、赤红三种颜色。颜色不同意思就会有异。若是青紫瘀青的颜色，是否意指两人相见好似意外的碰撞，撞得瘀青因而百味杂陈？若是赤红色，是否意指两人的相见让人害羞脸红，也让人兴奋得红光满面？不过“livid”有赤红的意思，是在20世纪才普遍流行。狄金森时代是否有赤红的意思不清楚，有待进一步研究。若是铅灰苍白，则如前几段的分析是指老年人皮肤的颜色呈铅灰苍白，不再是年轻时的红润。也许狄金森有意让意思模糊，不过若真是采取这样的策略又似乎是太刻意了，说不定就仅是巧合。

J#765 *You constituted Time-*

I deemed Eternity

A Revelation of Yourself-

'Twas therefore Deity

The Absolute- removed

The Relative away-

That I unto Himself adjust

My slow idolatry-

你是我的永恒

你构成时间——

我视为永恒

一个你自己的启示——

所以就是神

绝对的—— 移走

相对的——

好让我对他调整

我迟迟不改的偶像崇拜——

赏析

这首诗写于 1862 年，此时的狄金森仍处于与神敌对的状态。后期的诗则做了一些修正，比方诗 J#1099 即是探索永生的可能，不过她终其一生仍无法认同《旧约》里那位像恶霸一样“善妒的神”（《出埃及记》20 章 3-6 节），这可从她晚年的一首诗（J#1719）看出：“神是个不折不扣善妒的神 - / 他无法忍受 / 我们世人宁可在一起 / 却不与他玩。”

回到这首诗。诗中人说，她对其所爱的人爱得如此的深，以至于把他当神一般膜拜，怎奈对方却不久人世、撒手西归。绝对、也就是神将他带走，因为神嫉妒她对所爱的人付出的关注与崇拜甚于他，因此要给她一个教训，让她知道他是个善妒的神，仅能对他膜拜。若还明知故犯，那就爱哪个带走哪个，教训到底。

第一节的“你”是指诗中人已故的爱人。第四行的“Twas”(It was) 里的“It”，是“你”、时间、永恒和启示的混合体，换言之，你 = 时间 = 永恒 = 启示。不过神是绝对的，无法容忍自己变成相对，更何况又是个善妒的神，所以必除之而后快！也因此，心碎的诗中人落得别无选择，仅能慢慢调整自己，接受被打败的事实，以消极的方式抵抗，纵然永远都不可能赢。

J#887 *We outgrow love, like other things*
And put it in the Drawer-
Till it an Antique fashion shows-
Like Costumes Grandsires wore.

爱

爱像其他东西，我们长大了就不再适用
所以把它收进抽屉里——
直到古老的方式再度流行——
类似祖父母的服装。

赏析

狄金森在诗 J#1078 里曾说“将爱收拾”（And putting Love away），好似“爱”是一条不再用的棉被，因此予以收拾后放到储藏室，等到需要时再拿出来用。而在这首诗里则将爱比作旧衣服，当我们长大了无法穿下时，就把它“收进抽屉里”，等到流行复古时再拿出来展示。这似乎是说，当我们遭遇到的伤害超过爱所能涵盖时，我们只能把爱摆在一边，等疗伤止痛后，心渐渐回温了，我们才又回到爱的庇荫。爱，历经近乎被遗忘的漫长等待后，当又被发现、拿出来时，已因经过时间的酝酿而多了一份幽微的乡愁。从另一方面看，爱是既新又旧，只不过新旧是爱的变貌，爱还是爱。

另一种解读也完全成立。“爱像其他东西，我们长大了就不再适用”，意思是说，我们一度有过的爱，就像旧衣不再合适。当我们青春年少时，或许曾疯狂爱上一个人（或某个思想、某个物件），不过随着年岁渐长，那样的烈火与热情就自然冷却下来，最后如烟消逝，不再感觉那份热烈的爱有何特别之处。这或许可以说明何以中年之人多无情吧？只在进入晚年，当蓦然回首时，那遗忘许久的人、想法或物件，历历在目，重又唤起我们曾有的爱之火光。我们甚至很可能想办法找到我们一度用情很深的人，再读一遍曾强烈喜爱的书，重新温习曾受打动的思想，回味曾让我们年少时味蕾绽放的好滋味，再访留有我们青春欢笑的地方！这种对年少、对天真的怀想，对那时的人事地的怀旧之情，如许的旧爱就像躺在抽屉里褪流行的旧衣，再度以一种乡愁的方式成为复古风尚，重新在我们心中复活。在生命的晚年，我们以一种更新的心境与眼光，再度回味生命的青春时光。

J#1320 *Dear March- Come in-*
How glad I am-
I hoped for you before-
Put down your Hat-
You must have walked-
How out of Breath you are-
Dear March, how are you, and the Rest-
Did you leave Nature well-
Oh March, Come right upstairs with me-
I have so much to tell-

I got your Letter, and the Birds-
The Maples never knew that you were coming-
I declare- how Red their Faces grew-
But March, forgive me-
All those Hills you left for me to Hue-
There was no Purple suitable-
You took it all with you-

Who knocks? That April-
Lock the Door-
I will not be pursued-
He stayed away a Year to call
When I am occupied-
But trifles look so trivial
As soon as you have come

That blame is just as dear as Praise
And Praise as mere as Blame-

三月

亲爱的三月——请进——
我好开心呢——
早已期盼着你来——
脱下你的帽子吧——
你当是一路走来——
这般上气不接下气——
亲爱的三月，你可好，还有其他人呢——
当你出发离开大自然时，她还好吗——
喔三月，快跟我上楼——
我有好多话要说——

我收到你的信，还有鸟儿——
枫树未曾知道你的到来——
我敢说 - 他们都羞红了脸——
不过三月，原谅我——
所有你留下来要让我涂上色彩的山丘——
没有紫色合用——
你全带走了——

谁在敲门？那个四月——
把门锁上——
我不要被追捕到——
他离开了一年才来拜访
正当我有事的时候——
不过这些小事看来如此微不足道
打从你一来到

以致责备就如赞美一般珍贵
而赞美与责备一样微小——

赏析

诗中拟人化的三月历经夏秋冬三季十一个月的跋涉，风尘仆仆且气喘吁吁，终于抵达了新英格兰！

这位期盼已久的稀客，诗中人在家门口迎接他一年一度的到来，准备好好在隐秘的地方跟他诉说许多心里的话。

将三月拟人化使得诗中人可以跟三月话家常，整首诗的语气因而显得亲密，也让读者有参与感，好像在偷听他们讲话；同时也将枫树在三月来时开出的红色叶苞与小小的红色花朵，戏剧化为他们因不知道三月的到来，在还没准备好的情况下就见到他，因此羞得满脸通红。

纵然紫色并非三月独有的色彩，不过因三月时节空气仍冰寒干燥，加上枫树上新绽开的嫩红叶苞与朵朵小红花的映衬，使得日出前与傍晚时分山丘呈现的紫彩特别明丽。

这样透明闪亮的紫彩，有若紫水晶般美丽、高雅与尊贵，而这些全都具现在三月身上！若是这样一位美之化身的贵客来访，怎不让人惊喜呢？有三月的陪伴，诗中人觉得所有烦琐的事都不重要了，不值得一提。

就算是被三月赞美或责备、抑或被其他人赞美或责备，一点都无所谓，只因有喜悦之泉源的三月在身边！

J#1080 *When they come back- if Blossoms do-*
I always feel a doubt
If Blossoms can be born again
When once the Art is out-

When they begin, if Robins may,
I always had a fear
I did not tell, it was their last Experiment
Last Year,

When it is May, if May return,
Had nobody a pang
Lest in a Face so beautiful
He might not look again?

If I am there- One does not know
What Party- One may be
Tomorrow, but if I am there
I take back all I say-

五月

群花回来—— 如果群花会回来
我总有一丝怀疑
群花真可以重生
当它们的美消失——

当知更鸟开始—— 如果知更鸟会开始，
我一直有个恐惧
没说出口，怕它们最后一次展喉高歌
会是去年，

当时节是五月—— 如果五月会回来，
没有人会心疼吗
怕那么美的脸
可能不会再看见？

如果我还在—— 谁晓得
明天会当什么角色，
不过如果我还在
我收回所有我说的——

赏析

在这首诗里我们看到狄金森一贯的主题：恐惧与焦虑。在她早期与中期的诗作及书信里，经常可以看到因死亡所引发、对于失去她所爱的人与物的恐惧与焦虑，也包括对自己死亡的恐惧与焦虑。诗中人说她害怕五月的花与知更鸟，甚至是五月本身，会一去不返。不过，隐藏在伤春悲花之下的，是对所爱的家人与朋友的眷恋，害怕在无常的人世，这一切的人情之美不会久留。

五月盛开的繁花与知更鸟代表她所爱的家人与朋友，诗中人将内心对人世无常的那一份不安全感投射到自然景物。不过春天是来了又去、去了又来的循环变化，所以与其说五月不会再来，毋宁说是死去的人不会再重生复活。此处我们又看到狄金森对基督教的复活观发出质疑。

我们对未来的恐惧与焦虑是因为未来的不可确定、不可预知。我们不知道死后自己会是怎样的一种存在或不存在；就算活着，我们也不知道自己未来会有怎样的变化。我们会持续与所爱的家人与朋友保持温暖的联系、分享喜悦，包括春天的喜悦吗？而家人与朋友对我们的爱不会发生变化吗？世界变动不居，没有恒常。所以诗中人说，我不知道“明天会当什么角色”。

最后诗中人说，若她依然活着，而五月的繁花也再度盛开，知更鸟依旧在春天鸣唱，她所爱的家人与朋友也仍然与她相处美好，那么她就收回她的焦虑与恐惧。但我们不能相信她说的话，因为来年的五月她还是会这样说。她这种对美好事物不久留的恐惧与焦虑，不会因繁花再度盛开就消失，正是因为美好她才焦虑恐惧。

我们选择将“party”译为“角色”有如下的理由：“party”的字根是“part”，而“part”的意思之一是角色（role）。明天，或说未来，我们会扮演什么角色呢？生活里有各种角色，像是被告与原告、爱人者与被爱者、老师与学生、助人者与被帮助者、照顾者与被照顾者、父母与子女、敌对双方、朋友等等，可以一直延伸下去。所以，明天你会扮演哪个角色？或我将扮演哪个角色？

J#183 *I' ve heard an Organ talk, sometimes-*
In a Cathedral Aisle,
And understood no word it said-
Yet held my breath, the while-

And risen up- and gone away,
A more Bernardine Girl-
Yet- knew not what was done to me
In that old Chapel Aisle.

管风琴

曾偶然听见管风琴说话——
在一座大教堂的通道，
它说什么无一字能解——
不过我屏住呼吸，半晌——

然后起来—— 离开，
此后越发像个圣伯纳德女孩——
只是—— 不知我内心发生了什么
在那个古老教堂的通道。

赏析

这首诗的诗中人是一位年轻女孩，她坐在大教堂的长凳上，也可能是跪在拜垫上，倾听管风琴发出深沉、响亮、庄严、阴郁的乐音。

而就在倾听之际，管风琴的声音猛然引发她内心一种无以言语、难以明说的感觉，此一如灵启深刻的经验突然地改变了她的心境、眼界或人生观，引导她进入更深沉、严肃的省思，仿若被召唤成为修女一般。她经历了一个意义深远的经验，此一经验的内容超乎任何文字所能形容。

这首诗与她另一首诗，编号 J#258 的《有一种斜光》（*There's a certain Slant of light*）有诸多相似点。

两首诗的主题谈的都是因外在现象突然引发某种内在经验，一个是起于管风琴乐音的听觉现象，一个是起于冬日午后斜光的视觉现象。虽然是不同的现象，但皆使得内在发生变化；前者因而“此后越发像个圣伯纳德女孩”，后者则是发现“有内在的差异 / 在存有意义的地方”。两者的内在改变经验都是立即的、意义深远，以一种深沉、庄严、无以言说的方式，使得诗中人的心境与眼界彼此转化。

或许此种人生观改变的经验，是对万事万物的转瞬即逝、无常与所有人世表象的脆弱的领悟，在此同时又升起对表象之后的恒常实相的渴求。了悟的当下如闪光又似永恒，超出语言的表达；那一瞬稍纵即逝的易灭，亦体现了不具省思之每日生活里，种种表面性事物的易灭。这种易灭无常，让诗中人渴求存在于所有易灭事物背后的恒常与实相。只是，寻求实相的过程，灵魂不免要承受各种折磨。

诗 J#258 里，冬日午后的那一瞥，与诗 J#183 里从教堂的管风琴上所听的那一声乐音，都指向上述的了悟。而人一旦看到或听到来自“超越”的启示，如何可能满足于任何非实相的事物呢?

所以两首诗的诗中人都因此默而不语，因此走入她们的内在、她们的灵魂，进入到存在的神秘。

两首诗还有两个有趣的关联。

其一是，引发诗中人开悟的都与教堂的管风琴乐声有关。只是诗 J#258 的乐声是一种纯粹的隐喻，与启悟的过程没有直接的关系，诗中人因看到冬日午后的斜光而启悟，由此联想到教堂沉重、充满感情、庄严的管风琴乐声，这样的乐声隐喻帮助读者把握这种启悟的感受；至于诗 J#183 里那位年轻女孩的顿悟，则是实实在在由教堂管风琴乐音所引发。

其二是两首诗都提到屏住呼吸。诗 J#258 出现在第四节第二行的“阴影——屏息”，而诗 J#183 则出现在第一节第四行的“不过我屏住呼吸，半晌”。诗 J#258 是以景物反映观看者（诗中人）的状态。

这两首诗探讨的主题雷同，不过若就它们的艺术高度作比较，则诗 J#258 远远在诗 J#183 之上。

为何科普兰选择诗 J#183，而非极品之作诗 J#258 呢？或许他相当受到那位坐在天主教教堂里倾听管风琴音乐并思索着修院生活、追寻永恒的女孩所吸引，也或许他认为诗 J#258 已是世上公认的杰作，无须他再多作推荐。

这些都仅是猜测。总之，这是一首表现深奥情感的诗，不过就许多批评家以及我们看来，同样表现此种深奥情感的 J#258，其诗作技巧与艺术高度无疑更胜一筹。

另外，诗中所提及的圣伯纳德（Bernard of Clairvaux）生于 1090 年，卒于 1153 年。生存年间正值十字军东征时期，所创立的熙笃会提倡力行守贫、苦行更接近圣本笃会的原始生活。

J#776

Purple-
The Color of a Queen, is this-
The Color of a Sun
At setting- this and Amber-
Beryl- and this, at Noon-

And when at night- Auroran widths
Fling suddenly on men-
'Tis this- and Witchcraft- nature keeps
A Rank -for Iodine-

紫色——
女王的颜色，就是
太阳的颜色
于日落时分，紫彩与琥珀——
于日正当中—— 海蓝石与紫彩

在夜晚时刻—— 当北极光的广渊
突然抛到人间——
正是紫色—— 还有妖术—— 大自然保留
某个爵位给深紫色——

赏析

这首诗是狄金森诗里极少见具有诗名的一首诗，第一行的“紫色”就是她给这首诗的标题。

神秘、高贵、美丽、具皇家气息的紫色，是女王的颜色，也是日落时分，太阳临别前给白日最后的礼物。日正当中时与海蓝石相伴，而夜晚时刻，当天空出现北极光时，广袤如渊、变幻莫测的紫光流泻人间，这般摄人魂魄的伟丽让大自然为她保留了一个爵位！

紫色也是老子的颜色。在《历世真仙体道通鉴》一书里，记载了尹喜受《道德经》的经过：“周康王时尹喜为大夫，后仰观乾坤之气象，寂心精思以求道。一天，观看到东方紫气西迈显瑞，预知有圣人将要出关，求为函谷关令。遇得老子，拜为师，请求至道，老子遂著成《道》《德》五千言授与尹喜，喜欣争持诵，奉行道成。”也因此，神圣之人或物发出的祥瑞之气即是紫气。而崇尚紫色的道家，所穿的袍子称为紫袍。

紫色也是古希腊哲学家衣着的颜色，象征智慧。此与散发紫气的老子，以及道家紫袍象征的意思相契合。而不管是古代欧洲或中国的帝王，皆视紫色为其代表色，也因此帝居叫紫阙、紫垣、紫微、紫禁等等。有意思的是，紫色虽是帝王的颜色，但狄金森在这首诗里开宗明义说，紫色是女王的颜色，颇有不让男性专有的意味。

在网络发达的今日，很容易就可借由照片，看到这首诗所描绘日落时分美丽的紫彩与琥珀色的世界。摄影师 Alexander Dragunov 拍摄的一张日落雪地（sunnset on a snowy field in Switzerland）可谓具体呈现诗中的意象。

J#254

"Hope" is the thing with feathers-
That perches in the soul-
And sings the tune without the words-
And never stops- at all-

And sweetest- in the Gale- is heard-
And sore must be the storm-
That could abash the little Bird
That kept so many warm-

I've heard it in the chillest land-
And on the strangest Sea-
Yet, never, in Extremity,
It asked a crumb- of Me.

“希望”是带有羽毛之物——
栖息灵魂中——
唱着无词的曲调——
永不息止——

其歌声在暴风中倍感绝妙——
必是莫大的暴风雨——
才能使此小鸟局促不安——
它让许多人心中有温暖——

我曾在最寒冷的国土——
和最陌生的海上听见——
但它纵使在最艰困时，
也不向我讨一片碎屑。

赏析

在这首诗里狄金森再次运用具体的意象界定一种感觉，不过本诗所界定的希望，和她在诗 #305 所说的绝望是两个极端。但她都能自如生动地描述这两种没有交集的情绪——希望是拒绝放弃，而绝望则放弃所有的希望——显示她对情感和人性深彻的体悟。

诗中狄金森又使用了一种比喻修辞（在这首诗里是以一个单一持续的意象）来传达她的意思。此一比喻修辞称为暗喻。暗喻和明喻相似，只不过没有清楚地用比较的字眼，比如“像”或“如”等。

她说“‘希望’是带有羽毛之物——”，而在第 7 行将希望视为“小鸟”。她并没有说希望“像”一只鸟，在我们艰苦时使我们喜乐，而是说希望是一只鸟“栖息灵魂中”，这是暗喻。希望不止地对我们歌唱，而当我们陷于恐惧和危险时，特别能知觉到它的旋律。

陷于恐惧和危险就是诗中的“强风”“暴雨”和“困境”。希望温暖我们，同时给我们力量和勇气继续前行，它既然是免费的，就不可能向我们索求任何的回报。

J#946 *It is an honorable Thought*

And makes One lift One' s Hat

As One met Sudden Gentlefolk

Upon a daily Street

That We' ve immortal Place

Though Pyramids decay

And Kingdoms, like the Orchard

Flit Russetly away

这是一个荣耀的念头

这是一个荣耀的念头
令人举帽
就像突然碰见乡绅
在寻常街道上

想到我们有不朽的处所
纵然金字塔会成废墟
而王国，会像果园
赤褐色地飘去。

赏析

狄金森常常将她书信中机智巧妙的词句重新编织到诗篇里，本诗很可能是一个例子。这首诗颇像将她写给侄子 John Graves 的一封信（1856 年 4 月末），改写成更具有普遍性意涵的诗。该信是这样的：

你记得将我们与 Mr. Sweetser 隔开的那堵正在崩落的墙——与正在崩落的榆树及常青树——还有其他正在崩落的东西——它们发芽然后褪去（……）。若你同我一块儿在这四月的绿草的话，我会指给你看蛮多令人喜悦的东西——但也有较为悲哀的现象——这里那里，翅膀半归于尘土，还曾啪嗒啪嗒地挥动呢——去年一根腐朽的羽毛，一间空屋，一只鸟曾在那里筑巢。去年的苍蝇忙它们的事，而去年蟋蟀死去的地方！我们正在飘逝，John——“这里葬着”的歌很快就会在现今爱着我们的人的唇上——哼唱，然后结束。

想到我们可以是永生的，是一个愉快的念头——当泥土与空气都充满着一去永不回的生命——复活的允诺是个不折不扣自夸的空想物！祝贺我吧——*John*——小伙子——“我举杯祝你健康”——我们各自有一双生命，而无须吝惜“现存”的这一个。

辑三　孤独是孤独的种子

J#1556 *Image of Light, Adieu-*

Thanks for the interview-

So long- so short-

Preceptor of the whole-

Coeval Cardinal-

Impart- Depart-

再见

光之形象，永别了——

感谢这场相会——

如此漫长——如此短暂——

整体的导师——

与生俱来的根本——

赋予——除去——

赏析

这首诗表现出对生命悲喜交加那种最后的吻别。

在这首诗里我们看到主述者已来到生命的终点，处在临终之际，这是她对生命、光与意识悲欢交集的最后诀别，同时也表达了她最深挚的感谢，让她有幸体验生命。

“光之形象”含有光与意识之意。光给我们生命，使我们看见，而意识则让我们得以认知，因而有知识。光与意识教导我们看到整体，与我们的生命同时存在，是我们生命的根本要素。

最后一行“赋予—— 除去—— ”意思是说，当我们出生时，光与意识进到我们生命，让我们得以看见、认知，而当我们过世时，则带走看见与认知，也就是将生命带走。

J#204 *A slash of Blue! A sweep of Gray!*
Some scarlet patches- on the way-
Compose an evening sky-

A little purple- slipped between-
Some Ruby Trousers- hurried on-
A Wave of Gold- A Bank of Day-
This just makes out the Morning Sky!

日落日出

一痕蓝色—— 一抹灰色——
顺便加几块红色的补丁，
就形成傍晚的天空——

一点紫色—— 插在中间——
红宝石裤子—— 匆匆披上——
金色的波浪——
白日的海滩——
刚好构成早晨的天空。

赏析

在这首诗里，狄金森拿起文字的诗笔，以西空为画布，大笔一挥，唰唰几下，落日景象跃然而出！即兴画毕日落，兴致仍高昂，于是再画一幅。这次以东空为画布，几抹鲜艳的色彩挥就了金碧辉煌的日出。两节诗里我们看到动态诗画即兴的创作过程，这样的进行式传达了日落与日出光影及色彩的瞬息变化。第二节第二行，“红宝石裤子——匆匆披上”，呈现拟人化的太阳匆忙穿上“红宝石裤子”，要在天未亮前赶到东空舞台，进行一场华丽的日出表演。

狄金森在 J#318 这首著名的诗里也同时描绘日出日落，诗里日出在先、日落在后，同样可以看到诗行间充满动感，以精准的动词传达日出与日落时分美景的瞬息变化。

J#705 *Suspense- is Hostiler than Death-*
Death- tho' soever Broad,
Is just Death, and cannot increase-
Suspense- does not conclude-

But perishes- to live anew-
But just anew to die-
Annihilation- plated fresh
With Immortality-

悬疑比死亡更凶恶

悬疑—— 比死亡更凶恶——
死亡—— 纵然极其广大,
就仅是死亡，无法增长——
悬疑—— 没有结束——

它消失—— 又重新活起来——
仅为了重新地死——
毁灭—— 镀金更新
以永生——

赏析

悬疑之恐怖是因为其未知、无从掌握，就像黑夜里人在断崖上，很可能一个踩空就掉进死亡国度。死了就没有知觉，因此不会再增加什么。人会恐惧是因为有知觉，而让一颗怦怦跳的心悬在半空中的悬疑，比死亡更穷凶极恶，因为它死而复生、没完没了地折磨着人心。

悬疑是毁灭镀上永生，也就是说，毁灭永远不会死，它威胁、它像是消失了，然后它又回来，如此来来回回永不止，所以是悬疑。

J#219 *She sweeps with many- colored Brooms-*

And leaves the Shreds behind-

Oh Housewife in the Evening West-

Come back, and dust the Pond!

You dropped a Purple Ravelling in-

You dropped an Amber thread-

And how you' ve littered all the East

With duds of Emerald!

And still, she plies her spotted thrift,

And still the Aprons fly,

Till Dusk obstructs the Diligence-

Or Contemplation fails.

傍晚西方的家庭主妇

她用色彩缤纷的扫帚打扫——
留下一些碎屑——
喔傍晚西方的家庭主妇——
回来，把池面掸一掸！

你掉下一个紫色线团——
你掉下一条琥珀线——
甚且乱丢搅得整个东方
翠绿碎片掉满地！

依旧不停地，她拿着海石竹扫啊扫，
依旧不停地朵朵围裙飞啊飞，
直到薄暮将勤奋打住——
抑或看不见无法沉想了。

赏析

在这首诗里，夕阳成了家庭主妇，落日余晖是她打扫用的缤纷扫帚。当她在西方天空拿起扫帚一挥、把光扫起来时，不免这里掉下一团紫彩，那里掉下琥珀线。而在掉下碎屑的同时，她还边扫边将一些小碎片往东方随意扔，结果冒出一颗颗星子，在傍晚的东边天空上闪啊闪。

这位有点瞎忙的家庭主妇做事并不利落，而且只管把自己的地方扫干净，却将垃圾往东方的邻居丢！可是丢的好像是翡翠星子哩。

狄金森此处的幽默让我们发出会心的微笑。

接着，这位夕阳家庭主妇继续拿着粉红色的海石竹花朵快速打扫，她的云朵围裙因她迅捷移动而飞扬。就这样，直到天暗下来才将她的勤劳打住。而叙述的观看者也终于被黑暗遮住，看不到而无从幻想了。狄金森将夕阳落下前，最后余晖映照在云朵上的粉红色彩，做了生动的比喻。

J#187 *How many times these low feet staggered-*
Only the soldered mouth can tell-
Try- can you stir the awful rivet-
Try- can you lift the hasps of steel!

Stroke the cool forehead-hot so often-
Lift- if- you care- the listless hair-
Fondle the adamantine fingers
Never a thimble- shall wear-

Buzz the dull flies- on the chamber window-
Brave- shines the sun through the freckled pane-
Fearless- the cobweb swings from the ceiling-
Indolent Housewife- in Daisies- lain!

有多少次这双卑微的脚蹒跚欲倒

有多少次这双卑微的脚蹒跚欲倒——
只有她焊接的嘴能说——
试试看——你能否牵动那不可思议的铆钉——
试试看——你能否提起钢铁环扣！

抚摩冰冷的前额——以前常是热烘烘的——
拨弄——毫无生气的发丝——如果你想的话
触摸硬如石头的手指
再无法戴上顶针——

房间的窗子上——苍蝇单调地嗡嗡
大胆的——阳光穿过点点成斑的窗玻璃照射——
无惧的——蛛网大摇大摆于天花板上——
慵懒的主妇——躺在野菊花丛里！

赏析

这首诗是描写一个平凡的家庭主妇，操劳家事一生，却鲜为人注意她的辛苦、感谢她的贡献，因为她所做的是一些家常的琐碎，一些向来被视为理所当然的小事情。诗一开始说，所有在世时的这一切辛苦就这位过世的家庭主妇知道，但她已无法张口说话了，而且已被深锁在钉上铆钉、扣了铁扣的棺木里。活着的人也只有在她过世了，才猛然察觉到她默默卑微地操持家事一生，是多么辛劳且重要，因为没有了她，一切面目全非——苍蝇成群聚于窗子，没人把窗帘拉上，阳光便肆无忌惮地直透进来，而蛛网更是挂满天花板。

本诗最后一行的 *Indolent Housewife* 是讽刺的口吻，但并不是主述者对这位主妇的讽刺，而是在模拟当外人看到这家的脏乱，所做的一种不以为然的批评。亦即家里怎么搞成这个样子，主妇应该好好整理一番。而诗最后……*in Daisies- lain*！好像是主述者在回答外人的批评：问题是主妇已躺在黄土下为野菊花所覆盖！她怎么爬起来整理呢？

J#1510 *How happy is the little Stone*
That rambles in the Road alone,
And doesn' t care about Careers
And Exigencies never fears-
Whose Coat of elemental Brown
A passing Universe put on,
And independent as the Sun
Associates or glows alone,
Fulfilling absolute Decree
In casual simplicity -

在路上独自漫游的小石头

在路上独自漫游的小石头
是多么快乐，
既不忧事业，
也无惧急务——
素朴的棕色外衣上
随意披着路过的宇宙，
自主若太阳——
结友或自愉，
顺应天理
以俭朴之道——

赏析

在数首狄金森攻击19世纪后期的美国社会，因为商业文化所带来的无信仰、贪婪、自私和物质主义的诗中，这首最为人所熟悉。由于其语气不带严厉的批判，而是以带有《李伯大梦》【《瑞普 · 凡 · 温克尔》（*Rip Van Winkle*）】的浪漫色彩伪装其批判的基调，因而颇获当时人的喜爱。诗中说这块小石，不像一般的功利主义者汲汲于赚取宇宙，只在宇宙路过它时，才将之随手披上。换言之，它不急于求取宇宙，因为宇宙就在它四周。

《李伯大梦》为19世纪美国浪漫作家华盛顿 · 欧文（Washington Irving，1783-1859）所作。故事的主角李伯是个反富兰克林（antiFranklinian）的英雄，无心于功名利禄，凡是以义务为名者，一概不屑；但乐于助邻人筑篱或做小工。一日上山打猎，一觉大梦后，二十年已过，不知有独立战争。回到家乡，成为旧时代的遗老，仍继续其闲适自若的生活至终。

J#790 *Nature, the Gentlest Mother is,*
Impatient of no Child,
The feeblest- or the Waywardest, -
Her Admonition mild-

In Forest and the Hill-
By Traveller- be heard,
Restraining Rampant Squirrel-
Or too impetuous Bird-

How fair Her Conversation,
A Summer Afternoon, -
Her Household- Her Assembly-
And when the Sun go down-

Her Voice among the Aisles
Incites the timid prayer
Of the minutest Cricket-
The most unworthy Flower-

When all the Children sleep-
She turns as long away
As will suffice to light Her lamps;
Then, bending from the Sky-

With infinite Affection-
And infiniter Care,
Her Golden finger on Her lip,
Wills Silence- Everywhere-

自然是最温柔的母亲，
对每个孩子都有耐心，
不管是最脆弱—— 或最任性的——
她的训诫温和——

在森林和山丘里——
旅人—— 听到，
喧闹的松鼠——
或太呱躁的鸟儿压下声——

她的谈话何其美丽，
一个夏日午后——
她的住所—— 她的会众——
而当太阳下山时——

她的声音在走道间
激起羞怯的祷告
发自最微小的蟋蟀——
与最不起眼的花朵——

当所有的孩子都睡了——
才有时间转个身
去点亮她的油灯；
然后，从天际俯下身——

带着无限的慈爱——
与更无限的惦念，
她金色的手指置于她的唇上，
要四面八方—— 保持安静——

赏析

这首诗对自然有着玫瑰色的描述。实际的状况是当她变脸，刮起暴风雪、下起豪大雨、翻个身起大地震，所有生物，包括人类都受害。人类在这首诗里被视为是森林原野的入侵者，对动物具有威胁，因此当他们靠近时，便听到喧闹的松鼠与鸟儿把声音压下来，感觉像是自然母亲要这些小动物藏起来以免遭到猎人猎捕。

三、四两节呈现的家与会众的意象，似乎指向自然作为母亲与牧师的两种身份。当最温柔的母亲同时是牧师时，她布的道就异常美丽；也因此，躲在角落的小小蟋蟀与不起眼的花朵，都被鼓舞着祷告起来，虽然仍不免含羞带怯。忙个不停的自然母亲，到了晚上孩子都睡了、应休息的时刻，仍继续忙着点亮她的油灯，也就是点亮星星与月亮，好让夜晚仍有星光与月光。而点完了灯，她仍继续看顾睡梦中的孩子，并要大家不要出声，每个地方都保持安静。

J#396

There is a Languor of the life
More imminent than Pain-
'Tis Pain' s Successor- When the Soul
Has suffered all it can-

A Drowsiness- diffuses-
A Dimness like a Fog
Envelops Consciousness-
As Mists- obliterate a Crag.

The Surgeon- does not blanch- at pain-
His Habit- is severe-
But tell him that it ceased to feel-
The Creature lying there-

And he will tell you- skill is late-
A Mightier than He-
Has ministered before Him-
There' s no Vitality.

生命的槁木死灰
较之痛苦更全面逼临——
它是痛苦的后继者——在灵魂
遭遇所有能承受的沧桑后来到——

呆滞昏沉——扩散——
幽暗似雾
笼罩着意识——
就像雾——遮抹了陡严峭壁。

外科医生——面对痛苦——不会脸色苍白——
他的习惯——就是严酷——
但告诉他病人已无感觉——
只是躺在那里——

那他会告诉你——已回天乏术——
一个较他强势者——
已赶在他之前接手——
没有生命的活力了。

赏析

狄金森在这首诗里，探讨了生命中比痛苦更全面瘫痪人的槁木死灰的状态。她说，就连一向习于面对、处理各种严厉痛苦的外科医生（19 世纪尚未有像现在这么进步的麻醉技术），碰到这种状况也是束手无策。因为就算是处在痛苦里，至少还能知觉痛苦，可是当人已然槁木死灰时，就连痛苦的感觉也没有了。

第三节第三行的 it 与第四行的 The Creature 是指病人。狄金森用这两个字意在指意识，不特指男性或女性。

这首诗是以相当赤裸、冰冷而有说服性的语言，来描写人在长期对抗痛苦无效后，随之而来的一种无知无感的麻痹与无助的绝望。

J#875

I stepped from plank to plank
So slow and cautiously;
The stars about my head I felt,
About my feet the sea.

I knew not but the next
Would be my final inch-
This gave me that precarious gait
Some call experience.

见识

从木板到木板，我一步一步
缓慢、谨慎地走；
感觉着星辰环绕我的头
大海触及双脚。

无法知道下一个
会是我最终一寸——
这让我举步如履薄冰
人说这就是见识。

赏析

想象一下一早醒来，发现不知自己是谁、来自哪里或要往何处去。不仅这样，更惊觉到置身离地很远的一座木搭鹰架上，没有扶手可以支撑平衡。

想象一下台北 101 大楼起造时四周的鹰架，或华山险峻陡峭的人行栈桥。只是此处既无 101 大楼也无华山，只是一个悬空的鹰架，而鹰架远远的下方是波涛汹涌的大海；同时，头的上方别无他物，仅有星光。你唯一的所有是一个木板搭的鹰架曲径，没有地图，没有指引，不知目的地在哪里或如何抵达。

这是非常恐怖孤绝的处境，但为了求活，你必须想出面对的方法。你小心翼翼、慢慢地走，因为一步错就粉身碎骨。渐渐地，你有了心得、有了经验，终于学会怎么往前走。虽然如此，你仍没有十足的把握，依旧小心翼翼。

你习得事物并非都是表面所呈现的样子，木板可能看起来坚固，但也可能腐蚀、不稳；或看起来不稳，但实际坚稳。总之，你学会不依表象做判断，不完全相信表象，而这就是“见识”。

人生不就像这样吗？我们来到这世上，不知自己从何来，或往何处走。我们被抛到一个我们不熟悉的处境，一步错即可能致命。我们仅能摸索前进，然后从经验中有所学习，而最大的学习就是谨慎，以谨慎导航我们的人生之路。

J#13 *Sleep is supposed to be*
By souls of sanity
The shutting of the eye.

Sleep is the station grand
Down which, on either hand
The hosts of witness stand!

Morn is supposed to be
By people of degree
The breaking of the Day.

Morning has not occurred!

That shall Aurora be-
East of Eternity-
One with the banner gay-
One in the red array-
That is the break of Day!

睡眠

对正常人而言
睡眠就是
阖上眼睛。

睡眠是雄伟的广场大道
沿着大道的两侧
站着许多见证者！

有学问的人认为
早晨就是
破晓。

早晨还未到！

黎明一定会来——
从永恒的东方——
会拿着鲜艳的旗帜——
会穿着红色华服——
那即是所谓的破晓！

赏析

先从两封信说起。

这首诗是附在一封给苏的信上，时间为 1858 年，不过信的抬头却是“致我的父亲”，而非“亲爱的苏”。接着她写道：您不懈地在我的行为上所下的功夫，就我早上的时光，也就是，从清晨 3 点到晚上 12 点，表示我的感激。这些话是出自深爱他的女儿。

然后我们就看到这首诗了。而在 1854 年给贺德兰太太的一封信上艾米莉这么写着：“今早我父亲敲我的房门把我叫醒时，我正与你在最奇妙的花园散步，帮你摘下玫瑰花，不过虽然我们努力摘，却一直无法将花篮盛满。”当她做着美梦时，她父亲却把她叫醒，硬是将她从梦境拉回现实，而且才清晨三点，可知她有多无奈！

当夜猫子的女儿碰到早鸟的父亲就会撞出火花！艾米莉与父亲感情甚好，但一个是保守的法律人、加尔文派教徒，一个是叛逆的诗人，两人的性情可以说是南辕北辙，可喜的是他们的亲情之爱包容了各自强硬的个性。从这些信件中可以看到艾米莉迂回抱怨父亲清晨三点就把她叫醒、打断她美梦的幽默！

关于这首诗，以下将分别呈现我们与作曲家科普兰的诠释。首先是我们的诠释：基于前面所提的背景，我们看这首诗时不从宗教那方面进行解读，而是以诗中人就是诗人艾米莉来看。当她睡得正甜时，被信仰虔诚的父亲硬生生叫醒，因此写下这首开父亲玩笑的诗作为有趣的报复，语气带有浓浓的谐谑。艾米莉甚至是采用"以子之矛，攻子之盾"的手法反驳她的律师父亲。这个手法就是他父亲在法庭上常用的三段论法：A、有学问（正常）的人认为早晨就是破晓；B、早晨还未到；C、所以你不是有学问（正常）的人。诗里并未把结论写出来，但呼之欲出，所以就更有趣了。

除了以三段论法反驳她父亲外，诗里也有另一条平行的故事线在进行。前三节似乎在说，人睡觉时，外表是眼睛闭着、呈静止状态，然而不动的身体却走到梦境里；因此睡眠像一条两旁站着很多人的雄伟广场大道（譬如香榭大道），让梦中人可以借此云游四方，或通往另一个世界。不过，为何路两旁站着的是许多"见证者"（witness），而不是一般路人呢？这是个难解的问题，因为没有线索可循，只能猜测。

"witness"可能是指天使、神灵或鬼魂，或很熟悉的人，但在梦里却像是第一次见到。他们可能知道梦中人过往的某个生活片段，只是梦中人全不记得了。这些“见证者”站在大道两旁，仿佛保佑或祝福梦中人一路好眠。而就在艾米莉做着梦，夜还很深时，父亲却硬生生把她叫醒，要她起床！

紧接着，第四节我们听到被叫醒的人回应她父亲，“早晨还未到！”话中之意似乎是，拜托您，纵然您是律师、有社会地位的人，但并不表示您认为早晨来了，就真的是早晨了，正常人这个时候是在睡觉的！

到了第五节，被叫醒的人继续说，三更半夜的，外面还一片漆黑，哪来的早晨？黎明一定会来的啊，一路从永恒的东方过来，绽放有如鲜艳旗帜的光辉；会有像穿着红色华服的太阳，届时光明取代黑暗，就是破晓！那时我就会起床，在此之前让我好好睡个觉吧。

接着，我们来看科普兰的诠释：

作曲家科普兰于 1949 至 1950 年间创作狄金森十二首诗套歌时，狄金森诗全集与书信全集都还未出版。因此，他应该没看过上述狄金森的两封信，这就会导致截然不同的诠释。诗中“sleep”“morning”“east of eternity”的意象深具宗教上死亡与复活的意涵，也常出现在狄金森的诗里。因此在无文脉背景的辅助下，几乎很难不从宗教面进行解读，这是为何科普兰将这首诗谱成庄严的音乐曲式，用许多附点音符来凸显庄严之感。他要求女高音唱到“永恒的东方”这行诗时，要以超强音唱出来，也要求钢琴家以超强和音表现出响亮的色彩。此处是整部套歌最高昂的时刻，意在宣告来世所在之地：永恒的东方。

这首诗让我们再次见识到，阅读狄金森的诗，在缺乏文脉背景下是多么容易误读！若不知狄金森写给苏与贺德兰太太的这两封信，因而将这首诗解读为对死亡与复活的探索，或遭遇情感与精神危机，就错失了诗里让人莞尔的趣味。（“早晨还未到”可能被解读成诗中人陷在精神危机的黑夜，在噩梦缠绕的暗夜里等待早晨来临。）这是诠释狄金森的诗章时经常遭遇的困难，挑战不可谓不巨大！

后现代文学批评以为，文学作品出版后，即属于作者与读者共同拥有，也就是说读者拥有诠释权。法国文学批评暨哲学、符号学家罗兰•巴特曾说，作品完成时，作者即已死亡，之后的文化创造，就是读者的权利；阅读的整个活动是读者的心灵与文本的对话，在这个过程中价值因此被创造出来。

若依此后现代文学批评来看，那么作曲家科普兰是可依他的心灵与狄金森的文本的对话，进行自身的创发。

J#613 *They shut me up in Prose-*
As when a little Girl
They put me in the Closet-
Because they liked me "still"-

Still! Could themself have peeped-
And seen my Brain- go round-
They might as wise have lodged a Bird
For Treason- in the Pound-

Himself has but to will
And easy as a Star
Abolish his Captivity-
And laugh- No more have I-

他们把我关在散文里

他们把我关在散文里——
就像我是小女孩时
他们把我放进衣橱——
只因喜欢我“安静”——

安静！若他们可窥探——
看到我的脑子—— 四处转——
这就像判鸟儿叛国罪
把它关进牢狱——

只要它愿意
将如一颗星轻而易举
废除它的囚禁
然后哈哈一笑—— 我亦然——

赏析

“Prose”大写应是泛指除诗之外的其他文类，包括小说。狄金森所处的时代，女性作家主要是书写一般视为较容易、较不具挑战的小说或浪漫传奇；而需较高文化涵养与文字功力的诗的写作，则是男性的领域。诗中人对于自己因是女性，就被归为只能写非诗章的其他文类而愤愤不平。那些掌握发言权的“他们”要她谨守女性智力低于男性的事实，本本分分地写小说散文之类就好。

第二、三节是说，他们要是看得到“我”脑子里的想象自由飞翔，就会知道，把“我”关在小说散文里，或要“我”当个平凡人，就像判一只鸟叛国罪，然后把它关在牢狱里，是行不通的，而且荒谬可笑。因为只要它愿意，它就可以像一颗不受拘束的星星翔飞而出；而当飞出去时，可以像高挂天空的星星，往下笑看那些徒劳监禁它的人。

“我”也是这样笑看那些把“我”关在散文里、试图使“我”与一般人无异的人，因为“我”对诗歌的想象，早已像鸟一般在空中飞起自由、抒洒自由了。他们无法进入“我”的内心深处，也无法拘禁“我”的想象！

第二、三节里，狄金森以讽刺的比喻，凸显出将鸟儿以叛国罪之名关进牢狱的荒谬。难不成是鸟儿未经许可飞出国家边界，所以将之以叛国定罪？真是荒谬！更可笑且徒劳的是，定罪后还把它关在牢狱里！人的体积的确无法穿过牢狱围栏的空隙，但对鸟来说，简直容易到有些侮辱它！同理，强迫“我”跟其他人一样，试图把要做自己的“我”关进贫乏、了无新意的散文之中，也是一样荒谬、可笑、徒劳。

飞翔是鸟的本性，它爱怎么飞就怎么飞，哪会知道国家、国族之类的边界，也无需对哪个国家效忠。

同理，“我”生而自由，爱怎么思考、怎么想象、怎么写都是“我”的自由。或许“我”不拘于一般写作的格式与规矩，会让许多人觉得惊世骇俗、狂野不羁，因而视之为背叛谋反，所以要让“我”噤声而后快。不过“我”是我自己，无需向任何社会、艺术、知识界的陈腐成规叩头效忠。

第二节第四行的“pound”，我们之所以翻为牢狱而非兽栏，是因为时至20世纪，“pound”在美国才普遍有兽栏的意思。同时从动词“impound”是“扣押”的意思，也可反证20世纪前“pound”是指牢狱。

J#1549 *My Wars are laid away in Books-*
I have one Battle more-
A Foe whom I have never seen
But oft has scanned me o' er-
And hesitated me between
And others at my side,
But chose the best- Neglecting me -till
All the rest, have died-
How sweet if I am not forgot
By Chums that passed away-
Since Playmates at threescore and ten
Are such a scarcity-

我的战争

我的战争已成历史——
就剩一场战役——
一个从未谋面的敌人
却不时地细看着我——
在我和周遭的人里
举棋不定，
然后选走最好——将我忽略——直到
周遭的人，皆先我死去——
若谢世的老友们仍不忘记我
会是多么甜蜜——
只因人生七十时
玩伴已几稀——

赏析

本诗第一行是一本相当出色的狄金森传记《我的战争已成历史》（*My Wars Are Laid Away in Books*）的书名，单就这点，这首诗即可收录在这本诗选集中。

这首诗探讨老年的寂寞，当人生似乎已到尽头，朋友概已谢世时，不免觉得茫然孤寂。不过这首诗并不是全然的凄凉。这里头有着回首前尘往事那种剧烈的乡愁感，但亦感觉着还有一个冒险等着她，这是个最伟大、最让人害怕的冒险——死亡。不过也含有在死亡的彼岸有人等着她的可能。诗里并未保证这点，不过至少有一种让人安慰的可能。

诗行“我的战争已成历史”指的是，人年轻与中年时的奋斗早已结束，此刻已来到生命的最后阶段。那些奋斗的历史早已被写下、编辑、阅读，然后摆放在书架上（这是比喻的说法，那些奋斗当然是写在主述者的心灵与灵魂上，而不是在纸上）。所以主述者已来到老年。接下来的几行更强化了此一意涵，她说看不见的死亡耐心悄悄地靠近她，不过就像一个拥有敏锐辨识力的行家，死亡首先选走了主述者认为“最好的”：朋友、家人、同伴，留下主述者孤零零一个人。

如今她的“战争”早已结束，她在此的奋斗似乎没有目的。不过她还有一个举世无双的战场要赴，那就是面对死亡。主述者告诉我们她已七十岁了，孤单一人，正等待着这最后一场仗，并期盼在彼岸的朋友（已打完最后一场仗的朋友）会记得她，因为在她这样的年龄并不容易结交新朋友。

在犹太-基督教传统里，七十岁是人一生的寿命，此可见《圣经·诗篇》90篇10节。在英文钦定版的《圣经》里，七十岁是以“三个二十年加十”（threescore years and ten）来表达，这一词汇后来就成了文学英文。《诗篇》90篇10节这样写道：“我们一生的年日是七十岁，若是强壮可到八十岁；但其中所矜夸的，不过是劳苦愁烦，转眼成空，我们便如飞而去。”此一想法符合狄金森想在诗中营造的语气，因之她刻意在诗里采用这样的表达方式。

另一个这种文学用法的例子，见诸A. E. Houseman的诗Loveliest of Trees第五、六两行：“如今我已七十岁 / 双十年华不再来（Now of my threescore years and ten/ Twenty will not come again）。”

诗最后以疲惫的语气、以主述者倦于年老孤单结束。不过最终还有一丝希冀在彼岸团圆和获得快乐的勇敢想望。

J#959 *A loss of something ever felt I-*
The first that I could recollect
Bereft I was- of what I knew not
Too young that any should suspect

A mourner walked among the children
I notwithstanding went about
As one bemoaning a Dominion
Itself the only Prince cast out-

Elder, Today, a session wiser
And fainter, too, as Wiseness is-
I find myself still softly searching
For my Delinquent Palaces-

And a Suspicion, like a Finger
Touches my Forehead now and then
That I am looking oppositely
For the site of the Kingdom of Heaven-

我曾感受到某些事物的失去

我曾感受到某些事物的失去——
自有自觉以来
到底是什么被剥夺我不知道
太年幼了没人会怀疑

有一哀悼者游走孩童间
我前行依然
如人悲叹一个王国
自身即是唯一遭流放的王子

如今，较长后，有一些智慧
也较平淡了，正如智慧使然
我发现自己仍静静地找寻
那逸走的汉宫——

而一个疑窦，像手指
偶然地抚摸前额
我正朝相反的方向
找天国的处所——

赏析

存在的乡愁似乎是这首诗的主旨。诗中主述者说，他像是“唯一（自王国中）遭流放的王子”，不免让人联想到弥尔顿（John Milton）《失乐园》（*Paradise Lost*）里的撒旦。不过若往更深层去看，将不难发现他们不同的态度。撒旦以积极、傲慢的态度反抗上帝，结果遭到流放地狱的命运；但本诗的主述者却是谦卑地寻找回到精神之乡的路，只不过在途中迷失了。本诗最后两行的意思并不必然是指主述者正走向地狱之路，这两行亦可解读为是主述者知觉到他正朝向与天堂相反的路走，而这样的觉知即表示了主述者并未全然忘记他的存在故乡。

这首诗亦透露了狄金森相当熟悉柏拉图学说与华兹华斯（Wordsworth）诗作《不朽的暗示》（*Intimations of Immortality*）。柏拉图学说的宗旨之一是，灵魂在人出生前与死后是与身体分开的；当灵魂居其故乡时，可以直接汲取永恒理性的知识，无须假借任何工具，不过此一知识在人出生的刹那便即刻消失，因而必须在此后的人生旅程里，借哲学的涵养，以渐进的方式回忆此一知识。

在华兹华斯《不朽的暗示》这首长诗里，主述者亦如狄金森诗中主述者一般，在孩童时就感觉到一种无以名之的失落感或存在的乡愁。这种存在的乡愁在主述者年长后愈加沉重，对华兹华斯而言，长大成人意味失去孩童那种以无染的眼睛看世界的纯粹。

两首诗似乎都在表达人在长大的过程里，灵魂一步步受物质（matter）的熏染，渐渐失去飞翔的能力，也因而遭受惶惑、焦虑与绝望的包围，在人生的路上蹒跚而行。不过，若能正视人性的黑暗面，不忘存在的故乡，终能获有所谓哲学的天真（philosophical innocence）。

辑四　来自万物的消息

J#1540

As imperceptibly as Grief
The Summer lapsed away-
Too imperceptible at last
To seem like Perfidy-
A Quietness distilled
As Twilight long begun,
Or Nature spending with herself
Sequestered Afternoon-
The Dusk drew earlier in-
The Morning foreign shone-
A courteous, yet harrowing Grace,
As Guest, that would be gone-
And thus, without a Wing
Or service of Keel
Our Summer make her light escape
Into the Beautiful.

夏日远逸

悄然如忧伤离去——
如此纤静难觉
不像是背信 ——
午后已感薄暮微光静透
一种浓厚的寂静，
或是大自然消磨
隐居的下午——
黄昏早临——
晨光陌生——
像急欲离去的客人，
那种多礼恼人的风度——
就这样，无需翅膀
或小船劳送
我们的夏日飘然逃逸
进入了美之地。

赏析

当我们处在忧伤的状态时，那忧伤似乎是永无止境，挥之不去。可是或许就在一天早上，当我们醒来时，突然精神轻盈，昨日犹纠结的忧伤竟全不见踪迹，而我们却无法确切知道忧伤是如何离去的。

诗一开始说“夏日远逸”，那种感觉就像“忧伤离去”，太细微、神秘，以至于无法察觉。换言之，我们无法描述它如何离去，只能描述它走后的感觉。

诗中说新英格兰的夏天虽美丽短暂，却远逸“进入了美之地”，夏日的一切都消逝进入了回忆的美的包含深处，因此将长存，虽然现象上会有更替。

而晚夏初秋之交又是怎样的一种光景呢？肥绿已渐转瘦黄，一种净宁，一种微微落寞，一种清喜与空凉，夜气渐早侵入白昼，晨光亦感陌生。夏日真的要走了，像被我们招待的贵宾一般，在时间已晚时，示意须走。虽然我们非常想留他，他却变得安静、沉默、暗示须走不可再留；而或许就在我们转身去厨房时，他就不见了。此情此景，终于让主述者确定夏已逸远，如“船过水无痕”，进入了子宫一般美的回忆。

J#1624 *Apparently with no surprise*

To any happy Flower

The Frost beheads it at its play-

In accidental power-

The blonde Assassin passes on-

The Sun proceeds unmoved

To measure off another Day

For an Approving God.

任何快乐的花朵

任何快乐的花朵
似都不感惊异
在它嬉戏时，白霜将它斩首——
以偶然的力量——
白色杀手继续走——
太阳无动于衷依旧运行
为了替一个表赞同的神
区划另一天。

赏析

在这首诗里，主述者质疑大宇的创生者和统治者——上帝——的慈爱。对于只知道狄金森是个有点怪，但颇善于描绘新英格兰景物，表现出明亮、乐观情操的人，多少会有些不习惯她这首较灰暗的诗。事实上在狄金森的诗里，显现出极宽广的情感向度——从最深刻的喜悦到最灰暗的绝望。她个人的气质（从她大部分的诗、信件和当代的记录来判断）基本上似属于正面的：她觉得人生在世是一个贵重的天赐，而生于斯的要务是爱（她曾说：My business is to love），同时在走完人生之途时发现不虚此行（参见给 Dr . & Mrs . J. G. Holland 的信，1862 年，及诗 #478、917、501、946、976、1162、1163 等）。不过她绝非是个不具思辨的乐观者。她敏锐地知觉到人世的苦痛、磨难和遍在的恐惧，甚至就连一个表面上是美丽与欢欣的花园亦然。本诗的前四行会让我们觉得仅是一首对一个平常自然事件的描述。我们看到一朵快乐的小花“在戏耍时”偶然地丧命于白霜。这首诗的语气给人第一眼的感觉是软性、梦幻的，但第三行“斩首”两个字的出现，即可看出这首诗并非着眼于美丽的意象。在最后四行，行行扣紧着恐惧的意象——杀手无事般地继续他的行程；太阳无动于衷地照常运行；最后就连上帝本身也积极表示赞同。而当我们重读此诗时，发现就连花朵本身亦不做反抗或感到惊讶。这首诗的语气诚然恐怖，主述者震惊于所发生的事，亦震惊于自然界中无一物在乎。假如你认为她是在一朵小花上做文章，不要忘了在自然界里到处充斥着死亡和磨难。

本诗以反讽的手法传达恐怖的语气。通常作者可借着反讽的手法来表达一个和文字所含的实际意义矛盾与相反的意思。反讽，基本上有三种或四种形式。第一种称为言辞的反讽（verbal irony），也就是一个人所说的和实际上所指是相反的，一般我们讲话时常常会用到。比如，假设我病得不轻，而且看起来病恹恹，但是当朋友见状，却对我说，“咦，你今天气色可真好啊！”这样说就是言辞的反讽。

第二种是戏剧的反讽（dramatic irony），也就是主述者所说的和作者的真意之间有差距。（主述者是一首诗、一出戏，或一本小说中的一个角色或叙述者，而作者是实际上写作这个文学作品的人）。这在戏剧中非常普遍，即观众知道一些舞台上的角色所不知的事。比如说，在索福克勒斯（Sophocles）《俄狄浦斯王》一剧中，俄狄浦斯宣布，杀害底比斯（Thebes）前任国王拉伊俄斯（Laius）的凶手必须被揪出来并加以严惩。他认真重大地做此宣示，但是观众知道（不同于俄狄浦斯之知）元凶正是俄狄浦斯本身。

第三种是情境的反讽（irony of situation），即是情况发展到最后和我们原先所设想或认为的完全相反。我们可以迈达斯（Midas）王的寓言说明。他被允所有他碰触的东西皆成金的愿望，不过这并不使他快乐，反而令他非常难过，因为就连食物，甚至是他最疼爱的女儿被他一碰都变成了金子。

第四种是宇宙或命运的反讽，即神或命运在玩弄人类的一种无意义或残酷的戏谑。不过第四种形态的反讽最好视之为隶属于情境反讽的子形态。因为当结局不是我们原先所设想，而是命运和宇宙对我们开了一个残酷的玩笑，因此也可以说是情境的反讽。

本诗的反讽是属于第三种与第四种形式——情境及宇宙的反讽。事实上在第一行就表现出来（虽然直到我们读完整首诗同时仔细回想后才了解）。我们并不预期有一物会遭遇不测，不过这一物似是知道将面临不可避免的灾祸，问题是它快乐且无忧地接受了。再者这个“杀手”（意味着邪恶的动机和恐怖的行动）看来并不阴狠，反倒是洁白且漂亮，这个也是反讽。本诗最后的反讽是太阳（及其余的大自然）在目睹这场谋杀之后竟无动于衷，甚至就连上帝本身，我们一向视之为爱的化身，亦积极地赞同。整个状况只不过是上帝一种残酷、毫无意义的游戏，明显地表现出宇宙性反讽。

J#318 *I' ll tell you how the Sun rose-*
A Ribbon at a time-
The Steeples swam in Amethyst-
The news, like Squirrels, ran-
The Hills untied their Bonnets-
The Bobolinks- begun-
Then I said softly to myself-
"That must have been the Sun ! "
But how he set- I know not-
There seemed a purple stile
That little Yellow boys and girls
Were climbing all the while-
Till when they reached the other side,
A Dominie in Gray-
Put gently up the evening Bars-
And led the flock away-

让我告诉你太阳是如何升起

让我告诉你太阳是如何升起——
如彩带一一绽放——
教堂的尖顶泅泳于紫水晶——
消息，像松鼠，奔跑——
山峦松开她们的帽子——
食米鸟—— 开始鸣唱——
于是我轻轻跟自己说——
“那一定是太阳出来了！”
但他如何落下—— 我不知道——
像有道紫彩阶梯
莹黄的童男女
不断地攀爬着——
直到他们爬到了对面
一位穿灰袍的牧师——
才缓缓拉上夜晚的门闩——
领其信众向远方消逝——

赏析

诗中描述太阳的升起，其露出的光芒像彩带一一绽放。而此时的天空犹如紫水晶砌成的海洋，使得直指苍穹的教堂尖顶，有若行驶于海洋的船只。渐渐地阳光似松鼠奔走相告消息般地唤醒大地。因此山峦有如新英格兰的少女，脱下她们的黑帽露出金黄秀发；而沉睡的食米鸟也被惊醒，开始他们的赞颂。

主述者见这一切美丽的景象，便轻轻跟自己说："那一定是太阳出来了！"诗从此处开始自景象的观察转为沉思。而这样的沉思导向对日落变形的描绘。日落莹黄的光芒，变成有金黄卷发的童男稚女。他们攀爬紫彩阶梯和跟随穿灰袍的牧师的意象，使我们联想到牧羊人领着羊群回羊圈时，羊一只只拾级越过栅栏的景象。同时将牧羊人转化为穿灰袍的牧师，则赋予了本诗某种程度的宗教意涵。

狄金森将这首诗与其他三首诗寄给当时著名的文学与社会批评家希金森（T. W. Higginson），这封信（写于 1862 年 4 月 15 日）同时开启他们日后的书信往返。她请希金森评价她的诗。显然她对这几首诗相当偏爱（另三首是诗 #216、#319、#320）。这首诗的主题与整个的意象可能受到爱默生《自然》里两段有关日出日落的启发。爱默生对狄金森的思想与诗作的影响，可说发生得相当早也颇为深远。

J#605 *The Spider holds a Silver Ball*
In unperceived Hands-
And dancing softly to Himself
His Yarn of Pearl- unwinds-

He plies from Nought to Nought-
In unsubstantial Trade-
Supplants our Tapestries with His-
In half the period-

An Hour to rear supreme
His Continents of Light-
Then dangle from the Housewife' s Broom-
His Boundaries- forgot-

蜘蛛

蜘蛛握住一颗银色的球
以看不见的手——
轻姿曼舞地
松开他的珍珠丝线——

他在虚无里辛勤往返——
从事无实质的交易——
在我们的绣帷上裹上他的——
于极短时间内——

一小时织就无以伦比的
他的光之国土——
接着在主妇的扫帚摆荡——
他的边界—— 被遗忘——

赏析

诗一开始我们看到，一只蜘蛛优雅地做着“他”的编织，像舞艺高超的舞者，举手投足无一不美，但也觉得滑稽。“他”像梭子来来回回，兴致高昂，将“他”的梦以丝线编成一张“光之国土”，还免费在我们的旧绣帷上铺上“他”新织好、银光闪亮的作品。而就在“自我感觉良好”，很有成就感之际，正在打扫的家庭主妇毫不领情地扫把一挥，我们的艺术家蜘蛛就此在扫帚上摆荡。“他”的国土遭到入侵，边界被破坏，所有“他”的存在与作品皆被遗忘。

诗第一行“银色的球”(Silver Ball)，狄金森以大写表现，也许另有含义。蜘蛛所编织的银色的球，一方面是具体的实物，一方面或有象征意义。圆形的球可能指向王权宝球(the royal orb)。根据大英百科全书对“王权宝球”所作的解释，王权宝球为王权统治的象征，通常由贵重金属和珠宝制成；同时，权球顶上装有一个十字架。

圆形的球为和谐之整体宇宙的象征，此象征可追溯至古罗马人将其与天神朱庇特联结，如此皇帝就可作为天神朱庇特的人间代表。其后的基督徒将此古罗马人的权球象征加装一个十字架，将象征意义转为基督教统治全球。

诗最后一节，我们看到蜘蛛织就了一个“光之国土”，因此，手握银色球体的“他”对光之国土可以行使至高无上的王权。只不过，这个统治权不及于人类，所以此一光之国土的边界最后被主妇丑陋的扫帚破坏，而国土遭到入侵的“他”终究失去了“他”的王权。从另一个角度看，蜘蛛美丽的光之国土正当闪闪发亮之际，转瞬间即消失成空，也意味着世间所有事物（包括艺术与权利）的本质皆脆弱、短暂、易逝，正所谓“人间繁华落尽一场空”。虽然这首诗可能有此意涵，不过整首诗的语气是轻松幽默中带着些许忧伤。

J#1775 *The earth has many keys,*

Where melody is not

Is the unknown peninsula.

Beauty is nature' s fact.

But witness for her land,

And witness for her sea,

The cricket is her utmost

Of elegy to me.

蟋蟀之歌

地球有许多曲调，
她所没有的旋律
则是未知岛屿的。
美是自然的事实。

不过作为她陆地的见证，
与她海洋的见证，
对我而言蟋蟀所吟
是她终极的挽歌。

赏析

诗第一节二、三行的意思是说，这世界无一处缺乏音乐，所以没有音乐的岛屿不知在何处。也就是说，就算是再偏远的天涯海角，一样有音乐。

在第二节里，诗中人说，跑遍陆地与海洋的他可以见证，地球的终极挽歌非蟋蟀所唱的莫属。为何会是蟋蟀的曲调最忧伤呢？当蟋蟀的哀歌响起时，就是秋冬的寒索萧瑟逼临，这同时也让人思慕怀想起刚逝去的、蚱蜢的夏之歌。亚热带的台湾不太能感受到季节更替的明显变化，不过在纬度高的地区，比方新英格兰，则感受相对强烈。

若说美好的夏日如天堂岁月，那么秋天是炼狱，冬天则是地狱。蟋蟀的秋之歌哀悼消失的蚱蜢的夏之歌，因此听起来格外幽怨哀伤。

狄金森有一首著名的诗（*J*#1068 / *F*#895），主题主要是在谈蚱蜢与其他昆虫，像是螽斯、蟋蟀与蝉等，虽然诗里没有明指出来：

Further in Summer than the Birds-
Pathetic from the Grass-
A minor Nation celebrates
Its unobtrusive Mass.

比鸟儿的夏歌来得晚——
那起自草丛里的忧伤——
一个小国在颂望着
它不显眼的弥撒。

No Ordinance be seen-
So gradual the Grace
A pensive Custom it becomes
Enlarging Loneliness-

圣餐礼看不到——
天恩是这般渐渐地转化
它养成了忧伤的习惯
越发增长寂寥——

Antiquest felt at Noon-
When August burning low
Arise this spectral Canticle
Repose to typify-

中午时分感觉洪荒古老——
当接近八月底
此幽灵圣歌忽焉升起
指向安息——

Remit as yet no Grace-
No Furrow on the Glow
Yet a Druidic Difference
Enhances Nature now-

虽然天恩还犹存——
光辉上没有皱纹
但有个德鲁伊教的差异
让大自然此时微带诡秘——

诗第一节第一行，“Further in Summer than the Birds”里的“further”是“later”的意思。鸣禽会在晚春初夏时飞回来，雄鸟鸣啭，以便吸引雌鸟进行交配，此时空气中充满众鸟的歌声。而当鸟儿渐渐安静下来时，会唱歌的昆虫，特别是蚱蜢，就开始他们的夏之欢唱。

第二节第二行“So gradual the Grace”的意思是“God' s grace gradually transforms the scene and the hearts of the participants.”也就是说，天恩渐渐转化景象与参与圣餐仪式者的心。

第三节第一行的“Antiquest”是个罕见的词，意思是洪荒古老。这个字与“德鲁伊教的”，还有罗马天主教的意象，共同刻画出一幅古老、洪荒的宗教仪式。罗马天主教教会是基督教最原初古老的教会。不过，德鲁伊教与自然崇拜比基督教或罗马天主教的信仰更古老，甚至，这些虫子正在进行的崇拜仪式比德鲁伊教更远古，因为远在人类出现之前。所以这是个古老的仪式，而且起自洪荒，并持续在进行，直到地球消失的一天。不过这个古老的宗教没有基督教的最后审判与进入永恒天堂的终极追求，只是无止尽地进行四季的循环。在这样的循环里，年年经历着夏日美的喜悦与其必然离去的悲伤，此种悲喜交加是个既古老又年年新鲜、神秘的感觉，且夹杂着无以名之的微微忧伤。

最后一节是说寒霜尚未来，因此依旧感觉无忧无虑、愉快，不过空气中可以感觉到微微的诡异 / 鬼意 / 神秘 / 古怪。也就是说，霜与冷与秋冬开始慢慢来临了。德鲁伊教在此意指洪荒的远古、神秘与不可思议。

J#266 *This- is the land- the Sunset washes-*

These- are the Banks of the Yellow Sea-

Where it rose- or whither it rushes-

These- are the Western Mystery!

Night after Night

Her purple traffic

Strews the landing with Opal Bales-

Merchantmen- poise upon Horizons-

Dip- and vanish like Orioles!

夕阳拍打的国度

这是—— 夕阳—— 拍打的国度——
这些—— 是黄海的海岸——
从哪里发源—— 或往哪里冲流——
这些—— 是西方的奥秘！

一夜又一夜
她的紫色贸易
以大包的虹光撒满码头——
商人—— 泰然伫立地平线——
然后隐没—— 仿如金莺消失！

赏析

第一节三、四两行，“Where it rose - or whither it rushes / These- are the Western Mystery!”意思应是说，此刻的夕阳，在早晨升起前从何处来，而落下后又将往何处去？这些真是奥秘难解之事！

这一节诗的文法确实有含混不一致之处，因她一开始谈的是落日，但到了第三行却不明确又不一致地突然将文法上的主词由落日转为太阳，然后在第四行又回到夕阳，此从形容词“western”即可知，因为西方就是太阳落下的方向。

这种文法不一致性，在思想、言说或诗歌里并非少见，一般以英语为母语者通常不会注意这样的不一致，因为潜意识会自动调整，可以说想都不用想。

但非以英语为母语者可能就会察觉这种文法的不一致性，因而产生困扰。

第二节里将夕阳西下之际，紫色的西空与余晖比喻成繁忙的码头贸易景象，而浮在地平线上的朵朵晚云则成了站在码头上监看的商人。最后当夕阳整个落下，朵朵晚云的隐没如羽色红黑相间的金莺一只只消失。“opal bales”与“orioles”不仅有斜韵之趣，呈现的色彩意象亦丰富瑰丽。

J#1593

There came a Wind like a Bugle-
It quivered through the Grass
And a Green Chill upon the Heat
So ominous did pass
We barred the Windows and the Doors
As from an Emerald Ghost-
The Doom' s electric Moccasin
The very instant passed-
On a strange Mob of panting Trees
And Fences fled away
And Rivers where the Houses ran
Those looked that lived- that Day-
The Bell within the steeple wild
The flying tidings told-
How much can come
And much can go,
And yet abide the World!

暴风雨

一阵风像军号吹来——
震震颤颤草翻动
绿色恶寒打在热气上
恶兆穿过来势汹汹
我们关紧所有门窗
好躲避一个翠绿厉鬼——
厄运脚上的电光鹿皮鞋
就在那一瞬间通过——
狂乱的树木摇得喘不过气
篱笆仓皇出逃
河水暴涨淹过房子
这是存活者所见的—— 那一天——
尖塔的鸣钟狂响
飞奔的讯息诉说——
有多少会来
有多少会走，
而世界依旧在！

赏析

诗第一行用“军号”（bugle）这个词带出即将上战场厮杀的激烈氛围，果然紧接着我们就看到超大的暴风雨来袭。

狄金森以拟人化手法，将这场新英格兰夏天的暴风雨戏剧性呈现。诗中第三行的“Green Chill”与第六行的“an Emerald Ghost”似在强调绿色隐含的寒意，也就是说，当地夏季的超大暴风雨来临前会有寒流打头阵，因此就会有冷空气在上，挤压地面上暖空气的现象。

新英格兰地区这种超大暴风雨，强度有时甚至超过飓风、龙卷风，因为这种风并非气旋所造成，而是直线型的强风，所以有一个西班牙文名称叫“derecho”（直线风暴），用以与气旋带来的暴风雨区隔。

狄金森在第九行将树木被暴风全面击打的面貌，形容为像是一群被追赶、跑得喘不过气的群众。

这首诗除了描述新英格兰地区夏季的暴风雨（很可能是直线风暴），也指向圣经的末日（the Day of Doom）预言。末日来临时，由天使长加百列吹响号角宣布，接下来是“闪电、声音、雷轰、大地震”（《启示录》16 章 18 节）还有“各海岛都逃避了，众山也不见了。”（《启示录》16 章 20 节）

诗中的劫后余生者见证了末日种种恐怖的景象，只不过世界并没有消失，在经历了各种自然毁灭性的摧残，失去和平、秩序、林树、潺潺水流与房屋后，当钟声狂响，宣告大灾难结束的同时，也宣告地球依然存在。

诗最后三行翻转了末世预言：在毁灭性的灾难席卷后，地球依然存在，并未如启示录所言，当天使长加百列吹响号角，宣告世界末日来临，在一场天摇地动毁灭性大风暴后，世界将整个被消灭。由此可见狄金森对启示录的末世预言存疑，甚至有那么一点嘲讽意味。

她似乎暗示，从古至今，地球不断遭受各种巨大灾难，却每每都能重生；而未来的灾难也不会少，但地球也将如过去，不会因启示录上所预言的末日风暴就完全毁灭了。

J#11

I never told the buried gold
Upon the hill- that lies-
I saw the sun- his plunder done
Crouch low to guard his prize.

He stood as near
As stood you here-
A pace had been between-
Did but a snake bisect the brake
My life had forfeit been.

That was a wondrous booty-
I hope 'twas honest gained.
Those were the fairest ingots
That ever kissed the spade!

Whether to keep the secret-
Whether to reveal-
Whether as I ponder
Kidd will sudden sail-

Could a shrewd advise me
We might e' en divide-
Should a shrewd betray me-
Atropos decide!

我从未说出
埋藏在山坡上的黄金——
我见到太阳抢夺完
低蹲着保护他的奖品。

他站得很近
就如你目前所在——
仅一步之遥——
若有蛇从草丛突袭
我将魂魄归西。

那个掳获物是极品——
但愿是以正常手段取得。
那些是凿子所能亲吻
最上乘的金锭。

是否保守秘密——
是否揭露——
是否就在我左思右想
纪德海盗船长即将出航——

精明人可以给我建议吗
我们或可平分——
要是给精明人要了——
那就由命运决定！

赏析

这首关于夕阳的诗语带幽默，将太阳的形象塑造成抢了很多金子的海盗。诗中人无意中看到太阳正在山坡上秘密贮藏他的金子（当夕阳斜倚山坡时，西边的天空会呈金黄色），且蹲得低低地护卫他的掠夺物。这般景象是如此壮观、惊心动魄，以至于诗中人看得全然入迷。

在此情况下，若有蛇从草丛钻出来，她可能会因无所察觉而被咬到，以致丧命。不过她身处的危险尚不止于此。她也可能被海盗发现她正在看他贮藏抢来的金子，为了不让秘密外泄，因此杀她灭口（这当然是开玩笑）。

正当诗中人犹豫着究竟是说出来，还是守口如瓶时，海盗（纪德船长 / 夕阳）此时可能带着他的金子起航离开（此时夕阳已落到海平线下，天暗了下来），若是这样她就没有被杀之虞，因为贮藏的地方已无金子了。

纪德船长是17世纪末恶名昭彰的海盗。而海盗之中凶残、杀人不眨眼之徒有之，诗中人当然不希望被这样的海盗发现她得知他们抢来的宝藏藏于何处，因而招来杀身之祸。将夕阳比喻为海盗的戏剧性，传达了日落时分夕晖云影的戏剧变化。

J#1422 *Summer has two Beginnings-*

Beginning once in June-

Beginning in October

Affectingly again-

Without, perhaps, the Riot

But graphicker for Grace-

As finer is a going

Than a remaining Face-

Departing then- forever-

Forever- until May-

Forever is deciduous-

Except to those who die-

夏季

夏季有两次开始——
一次在六月——
又一次于十月
伤感地开始——

或许，没那么五彩缤纷
不过因着恩宠更加生动——
就像一张要离去的脸
比一张留下来的还美——

然后—— 永远地离开——
永远地—— 直到五月——
永远就是年年叶子落了又长——
除却真正死去的——

赏析

夏季开始于六月，另一个是十月时缩短版的深秋时节小阳春（Indian summer），这时会出现几天的大太阳，天气炎热，仿如夏天，但不会有如同六月初夏的繁花盛开。

虽然如此，因为是二度来临，纵然短暂，却因受着恩宠而有动人的面貌，同时必然离去不久留，反差之下，更加深它的美丽。

最后一节说，所谓“永远”是叶子落了又长，四季不停地循环，不过紧接着的最后一行却来个出其不意的戏剧性翻转，一改前面轻松的语气，转为严肃阴郁。诗中人说，真正死去的永远不会再回来，言下之意，没有复活这回事，人死了就不再复活，不会像叶子落了又长，也不会如夏天，今年走了，明年还会再来。

狄金森另一首诗 J#130 专门谈小阳春，形容小阳春是“老套的六月的诡辩法”。虽然不是真正的夏天，但欢迎这样美妙的伪装，她甘心受骗，让自己再度成为小孩，再度单纯天真地信仰，就算她并不真正相信，也不敢希冀复活。J#130 的结尾与这首诗的结尾，在语气上差异很大。

J#1400 *What mystery pervades a well!*
That water lives so far-
A neighbor from another world
Residing in a jar

Whose limit none have ever seen,
But just his lid of glass-
Like looking every time you please
In an abyss' s face!

The grass does not appear afraid,
I often wonder he
Can stand so close and look so bold
At what is awe to me.

Related somehow they may be,
The sedge stands next the sea-
Where he is floorless
And does no timidity betray

But nature is a stranger yet;
The ones that cite her most
Have never passed her haunted house,
Nor simplified her ghost.

To pity those that know her not
Is helped by the regret
That those who know her, know her less
The nearer her they get.

一口井竟充满了奥秘！
水住得如此之深——
一个从彼乡来的邻居
安身在一只缸

其缸底无人能见，
只能看到他的镜面——
你每一兴起探望
就好像望进一深渊的脸！

草并不显露惊惧之色，
我常困惑他
何以能临深渊泰然而处
我一靠近就惊惧万般。

他们或许有一些关系，
就如菅茅近立于海——
底下是无底的深渊
却无畏缩之色。

不过自然仍是个陌生人；
最常说她的人
是那些从未走过其鬼宅
也未能一以贯之其鬼魂者。

可怜那些不懂自然的人，
懂自然的人
因遗憾而拉近彼此的距离，人越接近自然
对她越感觉陌生。

赏析

在这首诗里，井、缸、草、菅茅都代表自然。这些平常可以看见的景物，并不足以引起我们的惊颤之情，可是狄金森却来个反向思考。诗中人说他看到井深有若看到自然的深渊，不禁升起惊惧之感，可是不起眼的小草却能泰然自若，这更使他震惊不解。他进而推想菅茅自在俯仰于海边也是自然的一种奥妙。可是能对自然的关系加以联结，并不表示就全然深得自然的奥妙。

我们给自然一个名字叫自然，并不表示我们就懂自然。不懂的人为了填补他的不懂便常去说她。可是真有所触及、有所经历那如鬼屋一般令人恐惧、迷惑不已的自然的人却多沉默。不过比不懂自然而爱去说自然更高层次的人，也无须轻视不懂的人，反应生怜悯之心，因为自然是那么奥妙，就当我们谦卑有所触及时，她又退得远远的。

这首诗与老庄思想颇有契合之处。

诗中第五节最后一行的 simplified 用得妙。数学、物理里最深奥的公式常是最简洁的公式，比如爱因斯坦将他那庞复的相对论以 $E=MC^2$ 的公式表出，就是个例子。只有深知个中道理方能去繁择精就简。

J#165 *A wounded Deer-leaps highest-*
I' ve heard the Hunter tell-
'Tis but the ecstasy of death-
And then the Brake is still!

The smitten Rock that gushes!
The trampled Steel that springs!
A Cheek is always redder
Just where the Hectic stings!

Mirth is the Mail of Anguish-
In which it cautious Arm,
Lest Anybody spy the blood
And "you' re hurt" exclaim!

受伤的鹿跳得最高

受伤的鹿——跳得最高——
我曾听猎人说——
那只不过是死亡的狂喜——
接着草丛就一片死寂！

被敲击的岩石喷出水！
被踩到的钢铁会弹跳！
脸颊异常绯红
正是遭高烧叮咬！

欢笑是痛苦的铠甲——
用它严密武装自己，
免得被人见到了血
惊叫一声“你受伤了”！

赏析

这首诗以三个诗节呈现，从死亡前的回光返照到高压下迸出的爆发力，最后以欢笑武装受到的伤害。我们看到诗里将矛盾并列，使用的动词皆动作强烈（leaps, gushes, springs, stings, arm, spy, exclaim），形容词富戏剧性（wounded, smitten, redder, cautious, hurt），而名词则相当鲜明（death, ecstasy, brake, rock, steel, cheek, anguish, blood），勾勒出暴力的生死战场上，代表“生”的鹿最后一跃展现的傲气，以及用笑脸当防护武器，避免受伤状态下自己的傲气受损。

欢乐当然要发自内心，可是面临严厉时刻，却要以欢乐来掩饰痛苦，甚至成为痛苦的盔甲，免其溃堤；这么做，可能是基于傲气，可能是因为脆弱，也可能是为了顾全大局。其实在日常生活里，当面临还不至于要到撕裂的程度时，也常常要压抑愤怒、报以微笑。

诗点出人经常面临的矛盾状态。

诗最后一行，“惊叫一声‘你受伤了’！”相当生动地传达出一种微微讽刺的情境。有时我们不想让人看到我们遭受极大的痛苦或悲伤，是因别人不在我们的境遇里；倘若让他们看到伤口因而发出惊叹、惊讶大于同理心的了解时，反而让人更难受。一来要解释痛苦或悲伤的缘由，二来可能还得承受别人觉得这没什么大不了，或“人生就这么一回事，不要太认真、忍一下就过了，看开一点”等等这类有些高高在上的安慰，如此不仅没获得安慰，还被视为弱者，使得原就在痛苦里，又得多承受难堪。

狄金森对痛苦本质常有写实、细腻入微的观察，也寓教于诗，以戏剧化的诗意，教我们怎么对待痛苦，无论是小痛苦或烈火般的痛苦。

第二节第一行，“被敲击的岩石喷出水”出自耶和华命摩西击磐出水的圣经典故。《出埃及记》第 17 章第 6 节：“我必在何烈的磐石那里，站在你面前。你要击打磐石，从磐石里必有水流出来，使百姓可以喝。摩西就在以色列的长老眼前这样行了。”（亦见于《民数记》20 章 11 节）

J#181 *I lost a World- the other day!*

Has Anybody found?

You' ll know it by the Row of Stars

Around its forehead bound.

A Rich man- might not notice it-

Yet- to my frugal Eye,

Of more Esteem than Ducats-

Oh find it- Sir- for me!

那天我掉了一个世界

那天，我掉了一个世界！
有人找到吗？
它的前额系了一排星子
你看了就认得。

有钱人—— 可能不会看它一眼——
不过—— 对我俭省的眼睛，
却是比金钱更有分量——
喔阁下—— 请为我寻获它！

赏析

在太空里的地球是亿万星子中的一颗，因此居住城里的人，在无云的夜空，没有光害、没有高楼大厦挡住视线的话，只要抬头就可看到星星烁闪，可以看到成排的星子像自然垂吊在女孩额头上的宝石，晶亮美丽。

不过由于是日常景象，因此多数人不会花时间驻足、抬头观看、赞赏，反倒更愿穷毕生之力追求物质上的荣华显耀。

诗中人是一位知道寻常美景可贵的人，却也因一时迷失，丢掉了对这个世界怀抱新奇感以及对生命与存在探问的能力，因而慌张急忙地要寻回他生命的至宝、他的内在世界。

诗中人用“俭省”来形容自己的眼睛，有微微讽刺的意味。对挥金如土、夸示财富的有钱人，星星的美丽并不值钱，不过对无法挥霍、因贫穷必须俭省过生活的诗中人，日常之美的价值却是高于金钱。金钱再多也买不到天上的星星，而星星却是穷人的钻石，他只要抬头看就有，无须花大笔钱才看得到。对诗中人而言，有能力看到宇宙、日常生活与生命的神奇和美妙，较之拥有金钱却精神贫乏更重要。

J#654

A long- long Sleep- A famous- Sleep-
That makes no show for Morn-
By Stretch of Limb- or stir of Lid-
An independent One-

Was ever idleness like This?
Upon a Bank of Stone
To bask the Centuries away-
Nor once look up- for Noon?

一个独立的睡眠

一个漫长——漫长的睡眠——一个有名的——
睡眠——
毫无晨起的迹象——
伸展四肢——或眨一下眼皮——
一个独立的睡眠——

可曾有这样赖床的吗？
躺在堆叠的石头上
晒上数世纪的太阳——
甚至看都不看正午一眼？

赏析

基督教常将睡眠视为一种征兆，夜眠与晨起被看作是死亡与复活的隐喻。这个隐喻直接溯及圣经，特别是保罗——“我们若信耶稣死而复活了，那已经在耶稣里睡了的人，神也必将他与耶稣一同带来”(《帖撒罗尼迦前书》4 章 14 节)；“但耶稣已经从死里复活，成了睡了之人初熟的果子”(《哥林多前书》15 章 20 节)。早期的基督徒期待耶稣迅速回来与那些睡着的人的苏醒，并认为复活很快就会来到(“我实在告诉你们，这世代还没有过去，这些事都要成就”【《马可福音》13 章 30 节，《马太福音》24 章 34 节】；“我实在告诉你们，站在这里的，有人在没尝死味以前，必看见人子降临在他的国里”【《马太福音》16 章 28 节，《哥林多前书》15 章 51 节】)。

不过在这首诗里，死去的人睡了数世纪，早晨来了，这些睡着的人竟没有对它显出任何的兴趣——既没有伸展手脚也没有转动眼睛。这个“睡眠”是个完全“独立的睡眠”，因为它与其他人无关也不承认他们，同时也与未来无关也不承认未来，所以它无关乎真正的睡眠，除了是个虚无、“死的”

隐喻。它毫无作为“征兆”的价值，因为除了它自己——死亡外，没有象征任何事物。

最后一节的修辞疑问使得这一点更清楚：“可曾有这样赖床的吗？ / 躺在堆叠的石头上 / 晒上数世纪的太阳——/ 甚至看都不看正午一眼？”这是哪门子的“睡眠”？“睡觉的人”赖床了数世纪，从未动一下也未曾注意过白日！这种对睡眠征兆的诠释迥然异于神学家，如约翰•邓恩（John Donne）在其《神对商籁诗 #6》（*Holy Sonnet #vi*）最后两行：“一个短暂的睡眠过去了，我永恒地醒着 / 死亡将消失，死亡你必死。”然而在狄金森的诗里，“睡觉的人”却永不会醒。

辑五　死亡是另一种永生

J#712 *Because I could not stop for Death-*
He kindly stopped for me-
The Carriage held but just Ourselves
And Immortality.

We slowly drove- He knew no haste
And I had put away
My labor and my leisure too,
For His Civility-

We passed the School, where Children strove
At Recess- in the Ring-
We passed the Fields of Gazing Grain
We passed the Setting Sun-

Or rather- He passed Us-
The Dews drew quivering and chill-
For only Gossamer, my Gown-
My Tippet- only Tulle-

We paused before a House that seemed
A Swelling of the Ground-
The Roof was scarcely visible-
The Cornice- in the Ground-

Since then- 'tis Centuries- and yet
Feels shorter than the Day
I first surmised the Horses' Heads
Were toward Eternity-

因为我不能为死亡伫足等候
他乃慷慨为我停下
马车上只乘载我俩
和永生。

我们慢慢前行——他不匆不忙
而我也收拾起
生前的劳动和闲暇
只因他的殷勤

我们路过学校——正是休息时间
学童们在游戏场玩斗
我们路过一田田凝神注视的谷物——
我们路过西下的太阳——

或者说——他路过我们——
露珠让我颤抖且寒意透骨
因为我的长服仅是游丝——
我的披肩是——薄纱，

我们在一座屋前停下，它像
地上的一块隆起——
屋檐几乎看不见——
而飞檐在地下——

从此以后——过了好几世纪——但是
感觉上却比那天还短——
那天我才发现马匹的头
朝望永恒——

赏析

在这首诗里狄金森思索着生命、死亡和永恒。这些主题在她的诗中随处可见。死亡在狄金森的笔下可能是神秘或不可捉摸的，也有时是可怕但鲜少邪恶。事实上在这首诗里，就像她中 / 晚期的许多诗一般，表现死亡的和蔼、体贴、友善和熟稔。诗中的意象取自狄金森家乡马萨诸塞州阿默斯特（Amherst）的社会生活；阿默斯特是 19 世纪清教徒的后裔居住的小城，但此时已不复 17 世纪般具有浓烈的宗教色彩。

我们在诗中看到的死亡是位得体的绅士，虽然有点拘谨，不过相当和善体贴，像这样的人当然不会怀有恶意并处心积虑害人。在这首诗里值得我们注意的是比喻修辞的运用，在这种比喻修辞中，非人的动物或无生命的事物或抽象的概念，被赋予人的特质，称之为拟人化（personification）。

死亡，一位得体的绅士；邀请诗中人，一位女士；共乘马车做回顾之旅。这位女士虽然非常忙碌，但在死亡殷勤等她忙完后，便欣然接受他的邀请，他对她信守诺言，一同悠游地做最后一趟马车之旅。

狄金森在诗中似乎向我们透露：当我们体力仍然充沛、强壮和健康时，我们该做的是去活、去爱，以使我们的存活有意义。我们无暇停下来让死亡追上，不过狄金森亦传达了死亡本身并不带邪恶，反而给我们机会将世事置之一旁。人世的“奔忙”是我们回顾时给予生命的评价。死亡使我们得以从永恒的观点来看生命；我们看到人世生活，从童年、中年、晚年到走进坟墓的整个过程，也看到从短暂的人世到永恒的转变。死亡，就是这样一位带我们奔向永恒的绅士，难道他还不算体贴和亲切吗？

J#650 *Pain- has an Element of Blank-*
It cannot recollect
When it begun- Or if there were
A time when it was not-

It has no future- but itself-
It' s Infinite contain
It' s Past- enlightened to perceive
New Periods- Of Pain.

痛苦有一种空白的成分

痛苦—— 有一种空白的成分——
它无法忆起
何时开始—— 或是否曾有
一个时期它不存在——

它没有未来—— 除了它自己——
它的无限包含
它的过去—— 看过去觉悟到
新阶段的—— 痛苦。

赏析

当人在痛苦时就只有痛苦，好像痛苦就是你，你就是痛苦，也因此记不起痛苦以外的时空。人在年少时未尝过痛苦滋味，以为未来就是光明、就是希望，不过踩进社会、投入大世界，历经够多的痛苦后，就不禁觉得未来似乎仅有痛苦。

除此心理上的痛苦外，还有单恋的情感伤痛。当深情热烈地爱着人，却得不到对方同等的回应与对待时，这种揪心的痛可说无止无境。

情感的伤痛当然也包括失去感情浓厚的家人（配偶、父母亲、兄弟姐妹）与知音至交。正因为浓厚，所以全然的别离就像撕开两个紧紧相黏的东西，那种痛撕心裂肺。加之此生此世再不能相见、不能谈心，他们的先离开人世而去，活着的人身上的一部分也被带走，经常在恍惚之间，伤痛似乎无止期。而身体的受伤与病魔的折磨之痛也是无日无夜。

因此，不管是心理上、情感上与肉体上，在痛苦的当下，从此刻的痛苦看未来，未来不过是一片痛苦；而回头看过去，也觉悟到，那个过去的未来，也就是现在，仍只是痛苦。总之，过去、现在、未来，一片痛苦！

狄金森准确点出痛苦的本质，使痛苦清晰出来，让我们看到痛苦的形状。

J#419

We grow accustomed to the Dark-
When light is put away-
As when the Neighbor holds the Lamp
To witness her Goodbye-

A Moment-We uncertain step
For newness of the night-
Then- fit our Vision to the Dark-
And meet the Road- erect-

And so of larger- Darkness-
Those Evenings of the Brain-
When not a Moon disclose a sign-
Or Star- come out- within-

The Bravest- grope a little-
And sometimes hit a Tree
Directly in the Forehead-
But as they learn to see-

Either the Darkness alters-
Or something in the sight
Adjusts itself to Midnight-
And Life steps almost straight.

黑暗

我们会适应黑暗——
当光被熄灭——
像邻居举起灯笼——
跟我们告别——

顷刻间——我们踌躇不前
因为对夜晚陌生——
然后—— 调整视觉适应黑暗——
腰杆挺直面对道路——

一如更大的黑暗——
那些内心的夜晚——
当无一丝月光为我们照亮——
亦无一颗星—— 在内心出现——

胆子最大的—— 摸黑踉跄——
有时会碰到树——
直接撞到额头——
不过他们终究学会在黑暗中看见——

是黑暗本身改变了——
或者视觉某方面
自己调整适应深夜——
然后生活又几乎回到正常的步调。

赏析

生命中总有遭逢失望一个接一个、灾难接踵而至的时候。人在这种处境里通常会陷入绝望与沮丧；如果这种状态持续很久，即是灵魂的暗夜时刻。诗里的黑暗或夜晚，很显然是灵魂暗夜时刻的隐喻。不过诗中人告诉我们，有些人就算处在这种境地里，依然可以调整适应、存活下来。虽然，存活下来也许谈不上是什么愉快的事。这就像在黑夜里行走，我们原本提着灯笼或手电筒照亮前方的路，突然间火光熄灭，我们即刻遭到不幸的围攻。当下的第一个绝望是见不到未来有任何快乐的可能，也无活下去的可能性。不过当我们未被绝望击溃，眼睛也慢慢适应了黑暗，勉强可以看到前方路时，那就渴望绝处逢生。

不过这不是一首以快乐结束、乐观的诗，而是一首幽暗但不至于全然绝望的诗。诗中人并不是说，只要未被第一关的绝望打败，我们就可以再次找到幸福，而是说，若我们通过第一次的震撼，并持续竭尽所能面对难关，那么我们多少会找到活下去的力量。此种情境的存活并不意味快乐，更像是带着坚强的决心持续走着生命的路。诗中最后一行的关键字是

“几乎”，在这里含有反讽意味。生活并未回到正常步调，而是几乎像是正常步调，几乎像是过着快乐的生活。或许求其次尚可过下去，既不是乐观，也不是完全悲观，是此种情境里所能有的最大希望。话说回来，不快乐为何要活呢？因为存活本身是好的，它印证我们内在的力量。

J#670 *One need not be a Chamber- to be Haunted-*
One need not be a House-
The Brain has Corridors- surpassing
Material Place-

Far safer, of a Midnight Meeting
External Ghost
Than its interior Confronting-
That Cooler Host.

Far safer, through an Abbey gallop,
The Stones a' chase-
Than Unarmed, one' s a' self encounter-
In lonesome Place-

Ourself behind ourself, concealed-
Should startle most-
Assassin hid in our Apartment
Be Horror' s least.

The Body- borrows a Revolver-
He bolts the Door-
O' erlooking a superior spectre-
Or More-

不只是寝室—— 有幽灵出没——
不只是房屋——
脑子里拥有的走廊 ——胜过
有形的地点——

安全多了，在子夜遇见
外在的幽灵
千万不要在内心遭遇——
那个更冰冷的群众。

安全多了，快跑穿过教堂的墓园，
铺石鸣响，
千万不要没带武器，当自己遇到自己——
在凄凉的地方——

自己藏在自己的背后——
该是最吓人的——
刺客躲藏在屋内
算不上恐怖。

肉体借了一支左轮手枪——
他关上门——
没看到一个更可怕的鬼——
或更多——

赏析

人多多少少都被懊悔、罪恶感与各种怪念头、幻想缠绕，特别是夜晚独自一人安静的时刻。更甚者，深夜醒来躺在床上无眠听寂声，这时幽灵更会浮上心头。内心的鬼魂最吓人，也是最难除的魔，因为那是自己的一部分。早在弗洛伊德与荣格的心理分析成为显学前，狄金森在这方面已有惊人的觉知与呈现。

不怕鬼的人不多吧？尤其是三更半夜遇到鬼，或迷路走入坟场。正因为多数人怕鬼，所以才有那么多鬼故事与恐怖片。不过诗中人说，人内在里的幽灵更可怕，因为就算双脚跑得再快都躲不开。这些幽灵潜藏在我们心中的某个走廊，当我们不由自主走入，就会被惊吓，而且完全逃不掉。幽灵可能是我们的愤怒或恐惧、懊悔、创伤、罪恶感，或是让人消沉的忧郁与哀伤。

这之中，懊悔算是比较小的幽灵。至于极大的创痛或罪恶感，这样的幽灵势必将会啃蚀人心，最后将人占有；不幸者精神分裂或精神失常，以致每日活在自己的惊恐或幻觉里。

这首诗让人联想到浪漫时期的歌德小说，它可以说是弗洛伊德心理分析的前驱。此类型小说通常将时代设在中世纪，背景则常常是摇摇欲坠、废弃的古堡或修道院，有着阴森湿冷的地窖与隐藏的走廊。基本情节包括：威胁性的秘密、古老的诅咒与经常昏倒的女主角。这些古老的建筑常被解读为人体的象征，而隐藏的走廊则是潜意识；古堡闹鬼象征人的内在遭受威胁性的秘密或诅咒缠绕。古堡小说以这样的背景与情节，探讨极端情感与黑色主题。它也是恐怖电影的滥觞。狄金森嗜读小说，她或许在看了小说后，将小说的景象变成诗也说不定。第三节第三行，“one's a'self”即为“one's own self”，也就是“自己的自我”。

J#724 *It' s easy to invent a Life-*
God does it- every Day-
Creation- but the Gambol
Of His Authority-

It' s easy to efface it-
The thrifty Deity
Could scarce afford Eternity
To Spontaneity-

The Perished Patterns murmur-
But His Perturbless Plan
Proceed- inserting Here- a Sun-
There- leaving out a Man-

创造一条生命很容易

创造一条生命很容易——
上帝天天—— 这样做——
创造—— 只不过
是他的权威游戏——

要擦掉一条生命也很容易——
这个节俭的神
舍不得把永恒
交给自然——

被擦去的模型会呻吟
但是他无动于衷的规划
持续地进行—— 这里插进一个太阳——
那里—— 删去一个人——

赏析

在这首诗里，可以看到狄金森对其所生长的 19 世纪新英格兰地区盛行的信仰——加尔文教派带有挖苦、尖酸、嬉皮笑脸的批判。诗中批判加尔文教派的上帝是个无情、冷酷的傀儡大师，创造生命仅为了再次加以摧毁，完全不考虑创造物本身的情感。

19 世纪的西方社会，不管是欧洲或美国，强调的是温文有礼，因此这样的诗若在当时出版，必然引发震撼，出版社也很可能不会同意出版（当然狄金森在世时并未出版这首诗）。话说 19 世纪若出版了这样骇人听闻的诗，男性作者可能还得以逃脱，但女性作者则可能终生逃不开这样的“丑闻”。女性被认为应当柔顺、虔诚、温和，写的作品应当温馨感人、赚人热泪，不依这样的模式，就会被指责为“不像女人”。不过这首诗的诗中人既大胆又亵渎，摆明要与加尔文教派的上帝对抗。

狄金森一首较晚期的诗 J#1624，不管是主题或语气皆与这首诗相通，都在严厉批判加尔文教派的上帝，指出教义上的矛盾；也就是，上帝同时是全能的爱，但又能以至高无上的意志摧毁他创造的生命、以其莫测高深的特权允许多数人类的灵魂在地狱永远受苦，不得超生。这两首诗里她的语气明显挖苦、不敬，并有愤愤不平的意味。不过 J#1624 较 J#724 更不动情感，描述更节制。

J#305 *The difference between Despair*
And Fear- is like the One
Between the instant of a Wreck-
And when the Wreck has been-

The Mind is smooth- no Motion-
Contented as the Eye
Upon the Forehead of a Bust-
That knows- it cannot see-

绝望与恐惧之间的不同

绝望和恐惧之间的不同——
就像人
在船难的瞬间——
及船难已然发生——

心如止水——不动——
满足得就像
一座半身像额上的眼睛——
知道——它看不见

赏析

狄金森是一个深爱文字的人。在她写给希金森（T. W. Higginson）的第二封信里，她曾提到，“许多年来我唯一的伴侣是辞典”。她的感觉敏锐且深刻，这两个特点她与所有诗人一样，不过她是个中翘楚。

在这首诗中她以其深刻和敏锐的感觉，区别两个可能被视为同义词的词。究竟恐惧和绝望之间有什么不同？它们不是表达相同感觉的两个不同的词？狄金森非常熟悉这两个词和其情感，同时亦是个敏锐的观察者，她为我们刻画出具体的图画，显示其间意义的不同。

诗中所使用的意象直接、清楚，让我们不太可能再对这两个字有所混淆。她说，“恐惧”像是船难的瞬间，无法明确地知道发生了什么事；或是否可能逃生？又如何逃生？心思不停地转着，想了解情况并想法子避免这样的危险。

另一方面，绝望，可比作船难已然发生，已成事实，一个已过去的事件，无法改变。即放弃所有的希望、欲望和梦想；

承认无望，以一种可怕如止水般的心境默冥，因为绝望夺走了人所有行动的存心。不过它却带给人一种如沉睡般的宁静，或至少是无知觉般的平静。

心如止水——不动”——绝望接受它的无望，因为它清楚地知道就是再多的努力和挣扎都无法挽救既定的事实。在这样一种对无望的接受中它找到了平静或说是满足。

电影《泰坦尼克号》所呈现船难发生的当时与船难后的景象，足以说明本诗所指的两种不同的情感向度。狄金森以明喻（simile）的手法举例说明这两字的意义。明喻是对两个不同的事物以“如”或“像”来做比较。恐惧“像”一个人在瞬间遇难，而绝望“像”船难已成事实后的时刻；绝望的心境被形容如止水。

明喻是一种“比喻修辞”（a figure of speech），一种文学技巧；借着它，作者表面是在说一事，不过却另有所指。比喻修辞常为腐儒用来仅作为美化的修饰技巧，但在一个有天赋的作家手中，像狄金森，则能让我们以一全新的、通常是让人意想不到且充满新意的角度，观看熟悉的事物和观念。

和明喻相关的比喻修辞是暗喻（metaphor），所谓暗喻是使两个不同的事物表现相似性。狄金森既是一位文字的爱好者，使用大量的比喻修辞自不在话下。在诗 #254 亦有介绍。

J#239 *"Heaven" - is what I cannot reach!*

The Apple on the Tree-
Provided it do hopeless- hang-
That- "Heaven" is - to me!

The Color, on the Cruising Cloud-
The interdicted Land-
Behind the Hill- the House behind-
There- Paradise- is found!

Her teasing Purples- Afternoon-
The credulous- decoy-
Enamored- of the Conjuror-
That spurned us- Yesterday!

『天堂』

“天堂”——是我所达不到的!
树上的苹果——
只要是这样无望地——挂着——
对我而言就是“天堂”!

疾走的云朵上的色彩——
那块禁地——
在山丘后——在屋后——
在那儿——就可找到天堂!

她那挑逗人的紫彩——午后——
引诱容易受骗的人——
再度迷恋上昨日
才不理我们的魔术家!

赏析

诗行“The Color, on the Cruising Cloud”中的Cloud遥呼《圣经》里某些故事的意义，例如《出埃及记》13章21-22节：“日间，耶和华在云柱中领他们的路，夜间，在火柱中光照他们，使他们日夜都可以行走。日间云柱，夜间火柱，总不离开百姓的面前。”（亦见14章19-24节，33章9-10节，40章33-38节及《民数记》9章15-23节，12章4-11节）而The interdicted Land亦遥呼《申命记》里，“摩西从摩押平原登尼波山，上了那与耶利哥相对的毗斯迦山顶。耶和华把基列全地直到但，拿弗他利全地，以法莲、玛拿西的地，犹大全地直到西海，南地和棕树城耶利哥的平原，直到琐珥，都指给他看。

耶和华对他说：这就是我向亚伯拉罕、以撒、雅各起誓应许之地。说，我必将这地赐给你的后裔。现在我使你眼睛看见了，你却不得过到那里去。”（34章1-4节；亦见《民数记》14章1-36节）

在诗行中遥呼圣经里某些故事的意义，使得整首诗因此有了历史的深度，而不单只是个人的感思。魔术师可以是指大自然，亦即我们永远无法完全触及之物的象征。正因为它不是可以完全触及的，所以才令人追求不止，在追求的过程中，有时我们以为已到达，但它随即又离得远远的。似乎生命的旅程是在以小问号叩敲大问号，层层叩问，永无止境。

J#1551

Those- dying then,
Knew where they went-
They went to God' s Right Hand-
That Hand is amputated now
And God cannot be found-

The abdication of Belief
Makes the Behavior small-
Better an ignis fatuus
Than no illume at all-

在那时那些死去的人

在那时那些死去的人，
知道何处去——
走向神的右手——
如今那手已被砍断
神亦无处可寻——

信仰的放弃
使品行卑鄙——
一抹鬼火
聊胜于全无光亮——

赏析

神，这个狄金森过去苦斗、申斥的对象，如今竟落得无依无靠。过去她攻击他时，他被视为万能，而今在一个没有信仰物化的社会，他的手已被砍断无法使力，甚至消失于无形。

主述者怜悯这个她先前攻击的神。在商业、营利主义、物质主义以及贪婪文化取代了原先的宗教文化并杀死了神后，神并非唯一的受害者，杀死神这件事伤害了每个人。在过去人们的生命有方向，对来生的期盼会调节他们今生的行止。他们知道何处去，因为他们有信仰、有目的、有方向。

当神死了，留下人无目的地漂流，没有罗盘或指针："神亦无处可寻。"

在这样一个没有信仰的文化，没有来生的希望或恐吓，没有天堂与地狱，没有任何行为上的节制，没有超越物质世界的目标，人的行为就变得窄小、琐碎、卑鄙与自私。即便是一个错误或不当的信仰（"一抹鬼火"），即便可能是加尔文教的信仰，亦胜于此一精神的黑暗（"全无光亮"）。

狄金森永远无法接受加尔文教，而在一八六〇年后期没有迹象显示有任何压力迫使她去护卫神，因为加尔文教在当时倘非已经死亡，恐怕也已在急速衰亡中。不过她也无法接受取而代之的商业与物质主义的文化。她将逆其撄亦如过去之于加尔文教，她仍将继续其方式，逆着时代的潮流走。

J#178 *I cautious, scanned my little life-*
I winnowed what would fade
From what would last till Heads like mine
Should be a-dreaming laid.

I put the latter in a Barn-
The former, blew away.
I went one winter morning
And lo- my priceless Hay

Was not upon the "Scaffold"-
Was not upon the "Beam"-
And from a thriving Farmer-
A Cynic, I became.

Whether a Thief did it-
Whether it was the wind-
Whether Deity' s guiltless-
My business is, to find!

So I begin to ransack!
How is it Hearts, with Thee?
Art thou within the little Barn
Love provided Thee?

丧失

我谨慎地审视我卑微的生命——
除掉那些会褪去的
而持久者直到我们这辈的人
都长睡不起还会继续。

我将后者放在谷仓——
糟糠让风吹去。
一冬日的早晨我前去探看
天哪——我的无价干草

不在“台架”上——
也不在“横梁”上——
从一个富有的农夫——
我成了尖酸苦涩的人。

不管是小偷干的——
抑或是风——
抑或神祇是无罪的——
我的任务是找出！

于是我开始到处搜索！
心哪，你可好？
你还在爱所供给
的小谷仓里吗？

赏析

这是一首关于丧失的诗，一种不能解释、无法说清楚的丧失，也是狄金森经常性的主题。主述者并未解释是什么丧失，也无法说清楚究竟是如何或为何丧失。

这首诗可能从莎士比亚的商籁诗 #48 借用了许多意象、表达方式与旨趣，然后再加以综合，并让丧失的情境留下更大的模糊空间与更开放的结局。莎士比亚的商籁诗 #48 很明显是关于丧失或恐惧丧失所爱之人的情感。

狄金森这首诗对到底是什么丧失了比较模糊，事实上所丧失的似乎是比人类的情爱更持久的东西，因为从诗里我们看到主述者希望它比主述者的生命更持久（或许爱可能比人的生命更持久，不过实在有些难以看出个人的爱比个人的生命会更久）。当然这样的分析是假设，狄金森是有意以莎翁的商籁诗 #48 为本来型塑其诗的旨趣和意象，至少就部分而言，不过对此我们也无法百分之百确定。话说回来，她诗中的意象、表达方式与旨趣和莎翁的商籁诗太接近了，不太像是偶发事件。

诗的最后两节，也就是第四、五节，主述者转移了注意力，从第一节到第四节主述者完全专注在一个无法说清楚、具有伟大价值的东西的丧失，到了第五节主述者突然将她的注意力转移到某事或某人，同时极想知道它 / 她 / 他 / 他们是否还安全地在其应该在的地方，也就是在爱（推论是主述者）所供给的地方。主述者可能是对着她的心讲话，或她所爱的某一个人或某些人，她像是在说："你还安安稳稳地是我的吧？你还没跑掉吧？你还未被其他人从我身上抢走或偷走吧？我已丧失无价之宝，我不知道是怎么丧失又为什么会丧失，不过我还拥有你，是吧？"就是在这一节诗里，狄金森的旨趣与意象和莎翁的商籁诗 #48 最接近。

这一节诗里急切与恳求的语气和之前的愤怒、怨天尤人、尖酸苦涩的语气形成对比，并加以消融，也因此诗是以恳求的希望甚于完全的绝望结束。

在"抑或神祇是无罪的"这一行诗里，狄金森似乎在质疑上帝的公正，这样的质疑对许多当时代（与我们这个时代）的人而言，可说是一种亵渎，不过这是狄金森对传统宗教典型的大胆和怀疑。

这首诗一如狄金森其他许多的诗，都是以乐观的基调开始，然后再将这样的乐观予以推翻。它的结尾不若许多她其他的诗一般，止于全然的绝望，这首诗的结尾比较模糊，带有一种恳求的希望，不过它无疑也留给读者一种不安的情绪。

最后附上莎士比亚商籁诗 #48 方便读者参考：

在踏上旅途前，我多么小心翼翼地把
每件细琐的东西都锁进牢固的库房，
让它们受到绝对可靠的保管，
不让偷儿染指，等将来派上用场！
但是你，使我的珠宝相形失色的你呵，
我的大安慰，如今，我最深沉的悲伤，
我的至宝，我的唯一的牵挂呵，

成了每个粗鄙小偷觊觎的掠夺物。
我没有把你封锁进任何宝库，
虽然你不在，但在我心头你在，
我用我的心把你温柔地围住，
在这里你可以高兴就来，高兴就离开；
就算在这里，我怕你还是会被偷走，
对这种宝物，连忠实都不免垂涎三尺。

J#258 *There' s a certain Slant of light,*

Winter Afternoons-

That oppresses, like the Heft

Of Cathedral Tunes-

Heavenly Hurt, it gives us-

We can find no scar,

But internal difference,

Where the Meanings, are-

None may teach it- Any-

'Tis the Seal Despair-

An imperial affliction

Sent us of the Air-

When it comes, the Landscape listens-

Shadows- hold their breath-

When it goes, 'tis like the Distance

On the look of Death-

有一种斜光

有一种斜光
冬日午后——
那郁闷之感，如
大教堂的音乐般沉重

它给我们天降的伤害——
我们找不出伤痕，
但在内在的差异
在存有意义的地方。

没有人能教训它—— 没有任何人
它是绝望的捺印——
帝谕的痛苦
自空中遣到我们身上——

当它来时，大地倾听——
阴影—— 屏息
当它走时，像是
死亡神色上遥不可及的距离——

赏析

这首诗是描述在一个有阳光、大气静寂的冬日午后，主述者遭受绝望（沮丧）袭击的感受。不过主述者并不是在抱怨绝望来临的不可抗拒，而是在于这种绝望给受创者的启示。的确，绝望之苦几乎无以名之。但是，人似乎也只有借着绝望之情，才能将内心世界掘得更深；同时更借绝望的遭遇，联系阴阳两域，使我们获得一点永恒的讯息。因为人在现实世界里奔忙、得意，不愿也无法触知陌生且遥远的死亡国度，而绝望却可以让人在孤独中领悟现实世界的短暂与奔向永恒的可能。

诗一开始，我们看到主述者，似乎感觉到冬日午后的道道斜光，如支支利刃割伤着心灵，所以没有外在的伤痕。但人若能适应这种打击，则内在会产生变化，即对自身会有更深刻的了解。这使人想到齐克果曾说的："只有到达绝望之点的恐惧，才能把一个人的最内在发展出来。"不过，这种绝望之情的遭遇和通过是无法教导的，同时经历过的人，也无法将此全部的经验传给他人；因此说"没有人能教训它"。它带给人极大的痛苦，但却隐含神圣；所以说是"帝谕的痛苦”。诗最后一节，将绝望的降临和离去的感受，以自然景物具象之。人在遭遇绝望的袭击时，整个人是被其占据的，好像人全部的存在变成一只耳朵，为绝望之音所充塞。可是当绝望离去，那种感觉却有如面对刚断气的亲人脸上的神色，原来是那么亲近、朝夕相处的，一瞬间却已经人天相隔；即“死亡神色上遥不可及的距离”。

J#280 *I felt a Funeral, in my Brain ,*
And Mourners to and fro
Kept treading- treading- till it seemed
That Sense was breaking through-

And when they all were seated,
A Service, like a Drum-
Kept beating- beating- till I thought
My Mind was going numb-

And then I heard them lift a Box
And creak across my Soul
With those same Boots of Lead, again,
Then Space- began to toll,

As all the Heavens were a Bell,
And Being, but an Ear,
And I, and Silence, some strange Race
Wrecked, solitary, here-

And then a Plank in Reason, broke,
And I dropped down, and down-
And hit a World, at every plunge,
And Finished knowing- then-

在脑中，我感到一葬礼

在脑中，我感到一葬礼，
哀悼者来来去去
不停地踩着——踩着——直到
意义像似快有所突破——

他们坐定后，
葬礼仪式，像只鼓——
不停地敲打——敲打——直到
我心木麻——

然后我听到他们举起一个箱子
再次地，以那些相同的铅鞋
倾轧过我的灵魂，
然后空间——开始响起丧钟，

如同所有的天堂是个铃，
而存在，是一只耳朵，
而我与静默，是一种奇怪的族类
翻覆于此，独寞孤零——

然后理性支架，崩裂，
我掉落，掉落——
撞到一个世界，
然后终于知解——

赏析

在 Karl Keller 所著 *The Only Kangaroo among the Beauty-Emily Dickinson and America* 书中有一章是专门讨论狄金森与霍桑（Nathaniel Hawthorne）的文学关系。Keller 指出，在狄金森的诗里有不少意象是借自霍桑的作品，本诗即是一个例子。在霍桑的短篇小说《*The Hollow of the Three Hills*》里，描写一位恶意离开父母，且弃夫又弃子的女子，一日，带着悔意来到一处有三座山丘与一个水塘的地方会见一位苍丑的女巫。她想借由女巫得知这些被她抛弃的家人的状况，而当她都知道后便即刻死去。小说结尾的前一段有 bell，mourners，a burial service，the ear 等意象，且一如本诗亦有着相当分量的听觉意象。兹节录小说结尾的前一段如下（斜体字是与诗对应的部分）：

白日的金裙还在山丘栖留，但是深影遮掩深谷与水塘，如同肃深的夜要升起笼罩全世界。坏女人再度开始编符咒，进行甚久无回声，直到钟声悄悄从她口语停顿间蹑足进来，像一记叮当，越过山谷，升上地面，正要在空中灭逝。这女士听到那预兆之声，在她伴侣的膝上颤动了。钟声扬且悲，深沉化成一藤覆之塔的死钟悲鸣，含着万物为朽讯息，茅屋、大廊、孤旅者皆悲，皆为宿命循环而泣。然后整齐的脚声来了，缓慢经过，丧悼者随着棺木，衣裳迤地，以致耳朵可测忧郁之衣的长度。牧师带头，念着丧经，书页之声在微风里飒飒有声，虽然只有他的声音朗亮可闻，男女咒骂之声仍然清晰弥布，骂着伤了父母衰弛的心的女儿，骂着被丈夫信任喜爱却背叛的妻，还有违背天伦之情，任小孩死亡的母亲。葬礼行列声横过如瘦烟而逝，风才吹过棺布，绕着三座山丘间的山谷悲吟。老好人摇着跪下来的女士时，她却没抬头。

倪国荣 译

第四段“而我与静默，是一种奇怪的族类”的意象与《鲁滨孙漂流记》及其他类似因船只失事飘流到荒岛的流行小说相呼应。

诗最后一行也有可能是“然后失去知解”。

J#465 *I heard a Fly buzz- when I died-*
The Stillness in the Room
Was like the Stillness in the Air-
Between the Heaves of Storm-

The Eyes around- had wrung them dry-
And Breaths were gathering firm
For that last Onset- When the King
Be witnessed- in the Room-

I willed my Keepsakes- Signed away
What portion of me be
Assignable- and then it was
There interposed a Fly-

With Blue- uncertain stumbling Buzz-
Between the light- and me-
And then the Windows failed- and then
I could not see to see-

当我死时

当我死时——我听见一只苍蝇的嗡嗡声——
屋内的静寂
如同暴风雨中两次撼动间——
空中的静寂——

围绕着的眼睛都已哭得干瘪——
而呼吸也稳定下来
为了最后的一击——
当大王在屋中——被亲眼目睹——

我立了遗嘱——签字让渡
所有可签让的——
而就在此时
一只苍蝇介于中间——

带着蓝色——踌躇蹒跚的嗡嗡声——
在我与光之间——
然后窗子暗了——之后
我的视觉丧失看见——

赏析

一般人在经历死亡的片刻通常会感到惊惧、痛苦，同时对周遭人事的感知呈现模糊。不过在这两首诗里，我们所看到的主述者却是从头到尾保持客观冷静、不动声色的态度；这是因为主述者已亡故，已经通过死亡的难关，从一个没有疾痛的现在（即死后）回顾生前死亡的过程（请注意：这首诗的英文时态是过去式）。狄金森用已亡故的主述者来试穿（try on）或预习（rehearse）死亡，看看死的“感觉”。这是狄金森探讨死亡过程、克服死亡恐惧的一种“策略”（strategy）。她运用想象力，静静地从已亡故的角色来观察死亡过程与亲友的反应，这样使她能够控制死亡所带给她的恐惧并控制状况（control the situation）。其实狄金森常用这种“试穿”的方式尝试什么情况会有什么样的感觉：比如当妻子（她终生未婚）、当男孩、当修女，甚至当女王。以写诗的方式来“试穿”或“预习”各种角色、各种状况，给狄金森一种控制的权力（power of control）。对于一位 19 世纪的女性而言，这种控制的权力应是相当值得珍惜的。

诗中苍蝇的意象，有的批评家把它解释为是一种琐碎、分散注意力的世俗物，它使得主述者无法望见永恒之光。但持不同意见的批评家则视之为是最后的一吻、永别，最后一次珍惜事物的机会。

从另一个角度来看，这首诗所描述的临终过程，不免让人联想起这二十年来引起广泛讨论的濒死体验（Near Death Experience, NDE）。掀起 NDE 研究的鼻祖雷蒙德·穆迪（Raymond Moody）医师，其在 1975 年出版的经典之作《死后的世界》（Life after Life），列出了 NDE 的一般过程，其中包括 hearing the news, feelings of peace and quiet, the noise, out of the body, the dark tunnel, the being of light。根据许多曾有濒死经验者的陈述，在他们死亡的片刻，并未有一般所以为会感到惊惧、痛苦及对周遭人事的感知呈现模糊的状态。相反地，他们经历了一种无以言喻的喜悦与祥和之感，不过有的人会听到一种很不愉快类似 buzzing 的噪音，有的则是听到有如天籁一般的音乐。几乎所有曾有濒死经验者的灵魂都会升到离身体一段距离的高处观看医生与护士对他们进行急救，然后他们会以一种极快的速度通过一个感觉，像是黑暗的隧道，而在隧道的尽头则是真、善、美、爱之源头的光。没有文献记录狄金森有濒死经验，不过她的诗所呈现的死亡过程与 NDE 的一般过程吻合之处甚多，让人不免惊讶她那极具穿透性的想象力。

蝉想
cicada
一切都是诗的

图书在版编目（CIP）数据

我用古典的方式爱过你 /（美）艾米莉·狄金森著；（美）托马斯·约翰逊编；董恒秀，赖杰威译．— 武汉：长江文艺出版社，2019.7（2023.4 重印）
书名原文：The Poems Of Emily Dickinson
ISBN 978-7-5702-0875-3

Ⅰ．①我… Ⅱ．①艾… ②托… ③董… ④赖… Ⅲ．①诗集—美国—近代
Ⅳ．①I712.24

中国版本图书馆 CIP 数据核字（2019）第 034511 号

著作权合同登记号：17-2019-058

责任编辑：张莹莹　　责任校对：杨典雅
封面设计：@broussaille私制　　责任印制：张　涛

出版：长江出版传媒　长江文艺出版社
地址：武汉市雄楚大街 268 号　　邮编：430070
发行：长江文艺出版社
北京时代华语国际传媒股份有限公司　（电话：010-83670231）
http：//www.cjlap.com
印刷：北京中科印刷有限公司

开本：787毫米 ×1092 毫米　1/32　　印张：9.25
版次：2019 年7月第1版　　2023 年4月第4次印刷
字数：120千字

定价：59.80 元